Susan Murphy

Stalker II - Wenn aus Besessenheit Hass wird

Stalker II

Wenn aus Besessenheit Hass wird

Roman von Susan Murphy

Impressum

Bibliografische Information der Deutschen Nationalbibliothek:
Die Deutsche Nationalbibliothek verzeichnet diese Publikation in der Deutschen Nationalbibliografie; detaillierte bibliografische Daten sind im Internet über http://dnb.dnb.de abrufbar.

TWENTYSIX – Der Self-Publishing-Verlag
Eine Kooperation zwischen der Verlagsgruppe Random House und BoD – Books on Demand

Erste Auflage als Print-Buch 2018
Copyright © 2018 Susan Murphy
Altdorfer Str. 16B
84030 Landshut

Herstellung und Verlag:
BoD – Books on Demand, Norderstedt

ISBN: 978-3-740-71640-0

Covergestaltung: **Marie Graßhoff**
Lektorat: **Buchstabensalat & Wortzauber**

Alle Rechte vorbehalten

Für meinen Papa

Und für alle, die so lange auf Teil II gewartet haben.
Danke für eure Geduld!

Inhaltsverzeichnis

Prolog 9
Kapitel 1 11
Kapitel 2 17
Kapitel 3 23
Kapitel 4 26
Kapitel 5 34
Kapitel 6 38
Kapitel 7 46
Kapitel 8 55
Kapitel 9 67
Kapitel 10 81
Kapitel 11 92
Kapitel 12 97
Kapitel 13 110
Kapitel 14 127
Kapitel 15 138
Kapitel 16 140
Kapitel 17 155
Kapitel 18 166
Kapitel 19 175
Kapitel 20 182
Kapitel 21 185
Kapitel 22 194
Kapitel 23 204
Kapitel 24 215
Epilog 223

Prolog

Ben

„Dieses Miststück! Diese dreckige Hure! Wie konnte Sie mir das antun?" Ich tigerte, wie jeden Tag seit meiner Inhaftierung, in meiner Zelle auf und ab, wiederholte die Sätze wie ein Mantra und versuchte regelmäßig, meine spärlich eingerichtete Zelle auseinanderzunehmen. Die Verhandlung - und somit meine Verurteilung - waren jetzt schon zwei Wochen her, aber ich konnte mich einfach nicht beruhigen.

Eigentlich hätte ich mit einem Zellengenossen meine Haftzeit absitzen sollen. Doch dank meines Anwaltes, der alles in die Wege geleitet hatte, kam ich in das Vergnügen einer Einzelzelle, was vermutlich auch besser für mich war. Zu den anderen Häftlingen hatte ich noch keinen Kontakt aufgenommen, da ich keinen Bock auf diese Pfeifen hatte, die weiß Gott was angestellt hatten.

Ich war nicht wie die, denn ich wollte doch nur mit meiner großen Liebe zusammen sein. Wieder schmetterte ich meine Faust gegen die Wand, wobei meine Fingerknöchel erneut aufplatzten. Ich wickelte einen bereits verschmutzten Verband darum und begann Liegestützen zu machen, um mich abzureagieren. Die körperliche Bewegung half mir dabei.

„Ich werde dich finden! Sie können dich nicht ewig vor mir verstecken. Irgendwann wirst entweder du oder ein anderer einen Fehler machen. Ich finde dich, sodass du letztendlich mir gehören wirst! Mir allein, und wenn es das Letzte ist, was ich tue! HÖRST DU MICH, AURELIE?!"

„Ruhe jetzt da drinnen!", brüllte der Wärter und schlug mit seinem Stock gegen meine Tür. Auch das war nicht das erste Mal. Aber ich wusste inzwischen, dass ich jetzt besser folgte, wenn ich nicht zu viel Aufmerksamkeit auf mich ziehen und eine weitere Nacht in der *Gummizelle* verbringen wollte. In den ersten beiden Wochen hier hatte ich schon einiges erlebt, was sich nicht unbedingt wiederholten sollte.

Ich setzte mich auf mein Bett. Eigentlich hätte ich gerne einen Stift und Papier geholt, um mir in Stichpunkten aufzuschreiben, wie ich es wohl anstellen könnte, Aurelie zu finden. Oder besser gesagt, erst einmal ihren neuen Namen herauszufinden, doch es gab auch hier unangekündigte Razzien und ich durfte nicht riskieren, dass jemand mein Vorhaben entdeckte und diese eventuell an die zustellige Behörde weitergab und so musste ich mir alles im Kopf merken. Der Rest würde sich schon ergeben. Ich hatte ja noch ein paar Jahre vor mir und konnte meinen Plan perfektionieren. Aussicht auf vorzeitige Entlassung wegen guter Führung wurde mir sowieso gleich verwehrt. Das hieß, ich musste meine ganzen fünf Jahre hier verbringen, doch das machte nichts. Ich würde sie auch nach dieser Zeit finden. Und dann würde sie mir nicht noch einmal entkommen!

Kapitel 1

Regina (ehemals Aurelie)

George, oder besser gesagt Henry, und ich waren also in Los Angeles angekommen. Officer Devenport wartete bereits vor der Wohnanlage *Casa de los Amigos* in der S Catalina Avenue auf uns, diesmal hatte er aber keine Uniform an, sondern normale Straßenkleidung. Glücklicherweise konnte er das Flugzeug nutzen und musste nicht mit dem Auto quer durch Amerika fahren.

„Hallo, Miss Phalange, Mr. Cooper." Er nickte uns zu und streckte die Hand zur Begrüßung aus. Ich konnte die Geste nicht erwidern, da es mir momentan zuwider war, andere Männer außer Henry anzufassen.

„Hallo, Officer Devenport", sagte ich stattdessen betont fröhlich. *Miss Phalange* – wie lange würde es wohl dauern, bis ich mich an meinen neuen Namen so richtig gewöhnt hatte?

„Officer Devenport." Henry reichte Ihm die Hand und blickte sich um. „Nette Gegend. Und wie genau geht es jetzt weiter?" Er stemmte die Hände in die Hüften und wartete auf eine Antwort.

„Erst mal muss ich Ihnen sagen, dass Sie mich das letzte Mal als Officer gesehen haben."

Verständnislos blickte ich zu Henry, bis unser Gegenüber weiterredete.

„Ich hatte bereits eine Bewerbung bei den U.S. Marshals laufen. Da ich Ihren Fall hautnah miterlebt hatte, wurde ich hier in L.A. angenommen und darf Sie weiter betreuen. Ab nächster Woche bekomme ich also einen neuen Dienstanzug und werde dann mit Deputy Devenport angesprochen, aber das sollte Sie nicht weiter stören." Er räusperte sich kurz und setze erneut zum Sprechen an: „Zurück zum Ablauf. Dies ist eine bewachte Wohnanlage. Wir haben eine Übereinkunft mit dem Vermieter, sodass Sie fürs Erste hier wohnen können. Die Miete für zwei Monate ist bereits bezahlt und Sie bekommen von mir jeder einen Check über ein bisschen Startgeld. Ich werde anfangs ein paar Mal bei Ihnen vorbeischauen und nach dem Rechten sehen. Sollten Sie Fragen haben oder Ihnen etwas seltsam vorkommen, scheuen Sie sich nicht, mich anzurufen. Ich wurde bereits nach L.A. versetzt und kann jederzeit vorbeikommen." Er händigte uns seine Visitenkarte aus und gleich darauf einen Umschlag, in dem der Check für unseren Neustart war. Dann gegrüßte er den Wachmann und ließ uns in die Anlage eintreten. Als ich an ihm vorbeiging, wollte er mir, wohl beschützend, eine Hand auf den Rücken legen. Doch ich zuckte vor der Berührung zurück, woraufhin er eine Entschuldigung murmelte und sie sofort wieder sinken ließ.

Betty, mein inneres Ich, konnte es nicht fassen. Sie fand Officer Devenport scharf. Mehr als scharf, chilischoten-scharf. Doch sie verstand auch, dass ich jetzt erst einmal Abstand von der Männerwelt brauchte. Sehr zu ihrem Leidwesen.

Wir gingen alle gemeinsam an dem zur Anlage gehörendem Pool vorbei, überquerten die Rasenfläche und betraten auf der gegenüberliegenden Seite ein Gebäude. Zum Glück lag unsere Wohnung im Erdgeschoß und nicht - wie zuerst von mir befürchtet - im dritten Stock.

Im Auto hatten wir nur das Nötigste dabei, hauptsächlich Kleidung und das ein oder andere Andenken an meine Eltern, das ich einfach nicht zurücklassen konnte, auch wenn das eigentlich nicht erlaubt war. Ich würde die Dinge in einer Schublade ganz hinten verstauen, so wusste ich, wo ich hinsehen musste, sollte mich die Traurigkeit übermannen. Der Umzugswagen mit den restlichen Kartons kam in zwei bis drei Tagen. Da die Wohnung schon möbliert war, mussten wir keine Möbel neu kaufen.

Sie war fantastisch! Gleich am Eingang befand sich ein kleiner Flur mit Garderobe. Eine wunderbar offene Küche mit einer Kochinsel, die in einen Tresen überging, mit allen Geräten, die der Hobbykoch brauchte. Wenn man sich umdrehte sah man ein großes Wohnzimmer mit zwei gemütlichen Sofas und für jeden von uns ein eigenes Schlafzimmer, zu denen man über den kleinen Flur gelangte, genauso wie zu dem Badezimmer. Wir wohnten jetzt quasi in einer WG.

Beim Blick aus dem Wohnzimmerfenster entdeckte ich den nicht weit weg liegenden Pier.

Betty stöhnte auf. *Schon wieder ein Pier? Ist das dein Ernst?* Sie ließ den Kopf hängen und klatschte sich mit der flachen Hand gegen die Stirn.

Ja, schon wieder ein Pier, motzte ich sie innerlich an. *Ein bisschen Heimatgefühl ist doch wohl noch erlaubt und übrigens auch schön!*

Die nächsten Tage und Wochen verbrachte ich nur zu Hause. Ich putze und kümmerte mich um den Haushalt sowie das Essen. Henry durchsuchte die Stellenangebote und ergatterte einen neuen Job als IT-Spezialist. Ich war beeindruckt, wie schnell er das hinbekam. Er hatte keine

Probleme damit, die Kosten, die auf uns zukamen, erst mal zu übernehmen, und ich schwor ihm, das Geld zurückzugeben, sobald ich etwas verdienen konnte.

Momentan war aber an Arbeit, geschweige denn an vor die Tür gehen, nicht einmal zu denken. Täglich verkroch ich mich in unserem Appartement und sehnte mich heimlich danach, den Pier zu besuchen. Auch wenn ich schon einige Male fertig angezogen in der Wohnung stand, konnte ich mich nicht überwinden, diese zu verlassen.

Henry bemerkte natürlich meine inneren Konflikte. Er hatte gehofft, dass ich nach Bens Inhaftierung über die Geschehnisse der Vergangenheit und die damit verbundenen Dämonen alleine hinwegkommen würde. Aber auch er musste einsehen, dass dies nur mit professioneller Hilfe möglich war.

Und so brachte er mich zweimal in der Woche zu Dr. Miller. Solange ich nicht komplett allein vor die Tür musste und Henry an meiner Seite wusste, konnte ich entspannt die Wohnung verlassen. Dr. Miller war eine elegante schlanke Dame im mittleren Alter, einfühlsam und doch bestimmend. Ich redete mir ein, diese Art von Hilfe nicht nötig zu haben und es alleine zu schaffen. Doch auch ich musste mich der Realität stellen und einsehen, dass ich damit falsch lag.

Die nächsten zwei Jahre verbrachte ich damit, mein Trauma mit Hilfe von Dr. Miller zu verarbeiten, und kämpfte mich mit ihren Ratschlägen zurück ins Leben. Richtig *frei* fühlte ich mich dennoch nicht, mich überkamen immer noch Angstzustände, wenn ich die Wohnung verließ. Ich schaffte es zwar, zum Pier zu gehen, konnte dort aber nur für kurze Zeit bleiben, bis mich die Schatten der Vergangenheit wieder einholten.

Betty versuchte jedes Mal, diese Biester mit dem Besen zu vertreiben, indem sie mit ihm wild in der Luft rumwedelte und dabei laut wie ein Rohrspatz fluchte. Sie redete mir gut zu. *Lass dich nicht von denen verscheuchen, es ist wunderbar an der frischen Luft und es gibt so viel frisches Fleisch zu sehen! Können wir uns nicht umsehen? Biiiitttteeee! Ich halte das langsam nicht mehr aus!*

Ich wusste, dass sie recht hatte. Auch wenn mein Kopf und mein Herz zu einem Neuanfang bereit waren und mich drängten, endlich frei zu sein, war es meine Seele noch nicht. Ein wichtiges Puzzleteilchen fehlte ihr, um wieder unbeschwert zu sein.

Dr. Miller war inzwischen sehr zufrieden mit mir.

„Wie geht es Ihnen heute, Regina?"

„Es geht mir gut. Deputy Devenport, ich meine Logan, war gestern da und schaute nach dem Rechten."

„Sie duzen sich jetzt?"

„Ja. Es kam ganz überraschend. Er meinte gestern, dass wir uns jetzt schon so lange kennen würden und er sähe seine Besuche schon lange nicht mehr nur als *Arbeit* an. Wir kommen gut mit ihm klar, leider ist die Frist für das Zeugenschutzprogramm inzwischen vorbei." Nachdenklich blickte ich auf meine Hände.

„Und wie fühlen Sie sich, wenn Sie an die Zeit denken, in der Deputy Devenport nicht mehr kommen wird?"

„Ich … es … macht mir Angst. Er ist doch unser Beschützer, wie kann er da denn nicht mehr vorbeischauen?"

„Aha. Ich denke, Sie sind so weit!" Dr. Miller klatschte freudig in die Hände und sprang von ihrem Stuhl auf.

„Wofür?", ich sah sie fragend an.

„Sie sind so weit, um einen Selbstverteidigungskurs zu absolvieren. Das macht Ihnen Mut, stärkt das Selbstbewusstsein und Sie können Deputy Devenport gehen lassen, da Sie sich selbst beschützen können."

Sie kam freudestrahlend auf mich zu und händigte mir einen Flyer aus.

„Das ist ein Scherz? Ich soll einen Selbstverteidigungskurs machen? Nie im Leben!"

„Ich setze es als Bedingung für unsere weiteren Stunden. Wenn Sie nicht endlich aus Ihrem Schneckenhaus herauskommen, wird das nichts mehr werden. Sie haben in den letzten zwei Jahren so tolle Fortschritte gemacht, die jetzt gestärkt werden müssen. Welcher Zeitpunkt wäre da besser, als das Ende von Deputy Devenports Besuchen?"

Ich starrte den Flyer, dann Dr. Miller an, da ich es nicht fassen konnte. *Ich sollte so einen dämlichen Kurs machen?* Alles in mir sträubte sich dagegen, mit einer Ausnahme:

Betty fand diese Idee natürlich klasse. Endlich würde sie aus der Wohnung kommen und konnte sich auch noch körperlich betätigen.

Sie hatte bereits einen Dummy im Zimmer stehen und trat schon mit Leibeskräften auf ihn ein, rammte ihr Knie in die nicht vorhandenen Weichteile und schlug mit der Faust gegen seine Nase. Ja, sie war definitiv bereit.

Ich stöhnte nur auf.

„Also gut, wenn es denn sein muss. Aber ich mache nur diesen einen Kurs."

„Mehr verlange ich auch gar nicht. Sie werden sehen, es ist der richtige Weg und Sie fühlen sich wieder sicherer." Dr. Miller strahlte mich an, als wir uns zum Abschied die Hand gaben, und begleitete mich zur Tür.

„Nächste Woche will ich ein erstes Fazit hören."

Ich rollte mit den Augen, sagte aber nichts weiter.

Und so ließ ich mir ein Taxi rufen und fuhr nach Hause.

Kapitel 2

Zu Hause angekommen, sprach Logan mit Henry. Sie lachten und klatschten sich gegenseitig auf die Schulter.

Logans *Arbeit* bei uns war eigentlich seit einem Tag zu Ende, aber er würde trotzdem regelmäßig vorbeikommen. In den letzten zwei Jahren hatte ich mich an ihn und seine Anwesenheit sehr gewöhnt, sodass ich sogar einen Hauch Nähe zulassen konnte. Soll heißen, ich konnte ihm die Hand geben oder auch kurz umarmen.

„Logan, hallo. Schön, dass du da bist! Du wirst nicht glauben, was mir Dr. Miller verordnet hat!" Empört warf ich meine Tasche neben die Wohnungstür und stapfte auf die beiden Männer zu.

„Hey, Regi! Wie geht es dir? Dr. Miller hat dir etwas verordnet? Meinst du Medikamente? Ich dachte eigentlich, es würde dir besser gehen." Besorgt sah Logan mich an.

Ich umarmte ihn kurz zur Begrüßung und ließ meinem Frust freien Lauf, während wir zusammen ins Wohnzimmer gingen.

„Nein, das ist es nicht. Es geht mir tatsächlich viel besser, und zwar so gut, dass sie mir einen Selbstverteidigungskurs verordnet hat! Einen Selbstverteidigungskurs!", piepste ich schon fast schrill. „Kannst du dir das vorstellen? Das ist doch unglaublich. Und ich kann nicht mal etwas dagegen sagen, weil sie es zur Bedingung für unsere weitere Zusammenarbeit gemacht hat. Aber wo kriege ich jetzt einen Kurs her, der nicht zu weit weg ist?" Ich stöhnte wieder auf und ließ mich genervt auf das Sofa plumpsen.

Jetzt kam Henry auf mich zu.

„Also, ich finde, das ist eine ausgezeichnete Idee. Und Logan kann dir da sicher auch weiterhelfen, oder Logan?" Erwartungsvoll schaute er ihn an.

„Ja, na klar. Ich bin in einem Sportverein, der verschiede Kurse anbietet. Unter anderem auch Selbstverteidigung. Ich selbst mache da nicht mit, aber wenn du möchtest, könnte ich mit dir üben." Er schaute mich leicht verlegen an.

Betty nickte heftig, hatte ihren Dummy mit einem Foto von Logan verziert und ihn so zu ihrem Sexspielzeug umfunktioniert. Es war nicht zu leugnen, dass sie auf ihn stand, was die Situation für mich schon wieder schwieriger machte.

Ich mochte Logan, aber mit ihm üben? Ob das gut ging?

„Es würde mir erst mal schon reichen, wenn du mir einen Platz im nächsten Kurs besorgen könntest. Das wäre sehr nett von dir." Ich lächelte ihn an und ging dann in die Küche. Er gefiel mir sehr gut, allerdings müssten diese kinnlangen Haare endlich mal einer ordentlichen Frisur weichen. Nach dreißig Minuten, als ich die Zutaten für mein Abendessen geschnitten hatte und alles vorbereitet war, hörte ich, wie sich Logan verabschiedete.

„Okay, ich muss dann auch mal wieder los. Zu Hause warten ein paar Steaks auf mich, die gegrillt werden wollen. Macht's gut."

„Bis bald Logan." Sie klatschen sich ab.

„Bye, bye, Logan", rief ich von der Küche herüber und guckte nur kurz auf, damit mein Essen nicht anbrannte, das ich mir gerade auf den Herd gestellt hatte.

„Du sollst also einen Selbstverteidigungskurs machen, wie?" Henry kam zu mir. „Ich finde das ist eine super Idee! Es wird dir helfen, und dann kannst du endlich wieder richtig unter Leute gehen. Apropos unter Leute gehen ... ich ... ähm ..."

„Ja? Henry, was ist los? Was stammelst du hier so rum?" Ich sah ihn an und wartete auf eine Erklärung für sein Verhalten.

„Ich würde heute Abend auch gern unter Leute gehen. Genauer gesagt: Ich habe ein Date." Die letzten Worte waren eigentlich nur ein Flüstern. Es schien, als wäre es ihm peinlich, dass er jemanden kennengelernt hatte.

„Du hast ein Date? Das ist ja großartig! Ich freue mich für dich. Und nein, du brauchst dir keine Sorgen um mich zu machen. Ich bin gut versorgt und es läuft sowieso ein Film, den ich gerne sehen wollte. Wie heißt denn die Glückliche? Woher kennt ihr euch? Und wieso hast du noch nichts von ihr erzählt?"

Ich löcherte ihn mit Fragen, um von mir selbst abzulenken, denn innerlich gab es mir einen Stich. Rational gesehen, wusste ich natürlich, dass Henry früher oder später jemanden kennenlernte. Dennoch machte mir diese Tatsache gerade sehr zu schaffen. Ich versuchte, mir nichts anmerken zu lassen.

„Sie heißt Shauna und arbeitet seit kurzem in meiner Firma. Ist es wirklich okay für dich? Ich meine, wenn du nicht willst, dass ich gehe, kann ich ihr auch noch absagen."

Betty bat bereits auf Knien und mit gefalteten Händen darum, er solle nicht gehen. Sie konnte es nicht fassen, dass er sich mit einer anderen treffen wollte. Sie funkelte mich wütend an, als ich keine Einwände äußerte. *Du willst also allein in der Wohnung bleiben? Die ganze Nacht? Ohne Schutz?* Sie stand auf, verschränkte die Arme und sah mich herausfordernd an.

Jetzt hatte ich doch ein mulmiges Gefühl im Bauch. Aber ich konnte ihn ja schließlich nicht auf ewig mit mir zusammen *einschließen*. Er hatte ein Recht auf ein normales Leben, eine Freundin und nicht nur auf eine durchgeknallte Mitbewohnerin.

Betty sah das anders. Für sie war klar, dass Henry für immer und ewig auf uns aufpassen musste, und wenn er das nicht konnte, brauchten wir einen passenden Ersatz. Einen Ersatz wie Logan.

Innerlich verdrehte ich die Augen. Konnte sie wirklich an nichts anders außer Männer denken? Wir haben ja gesehen, wohin das führen kann, und das brauchte ich ganz sicher kein zweites Mal!

„Klar, geh und mach dir mit Shauna einen netten Abend! Ich komm schon klar, ich bin ja kein Baby mehr und du hattest zwei Jahre kein Date mehr." Ich machte eine wegwerfende Handbewegung und versuchte, ein gleichgültiges Gesicht aufzusetzen.

„Super! Das ist so toll von dir. Danke, dafür liebe ich dich."

„Na, na, na. Jetzt übertreib mal nicht so", sagte ich lachend, während Henry mir um den Hals fiel.

„Dann mache ich mich mal fertig, wir treffen uns in einer Stunde zum Bowling."

Gut gelaunt verschwand er in seinem Zimmer und machte sich fertig. Mittlerweile war es schon abends, ich hatte gegessen und wartete darauf, dass Henry unsere Wohnung verließ.

Als er weg war, schaltete ich den Fernseher an und holte mir ein paar Chips. Es war alles gut, bis ich ins Bett gehen wollte. Ich dachte, vor der Tür ein Geräusch gehört zu haben. Gott sei Dank hatte ich die Wohnungstür hinter Henry abgeschlossen. Und es war eine bewachte Anlage. Also wie sollte es jemand hier hineinschaffen?

Ich schüttelte den Kopf und tat es als Spinnerei ab.

Dennoch innerlich aufgewühlt, konnte ich diese Nacht nicht wirklich schlafen. Ich brauchte ewig, bis ich eindöste, weil ich ständig dachte, etwas gehört zu haben. Als ich es endlich schaffte zu schlafen, suchten mich Alpträume von Ben, der mich damals entführt hatte, heim.

Schweißgebadet wachte ich auf, mein Herz raste und ich atmete, als hätte ich einen Marathon hinter mir. Ich versuchte, mich zu beruhigen und erst mal zu orientieren. Dann schaute ich auf die Uhr. Es war zwei Uhr nachts. Seit ich eingeschlafen war, war gerade mal eine Stunde vergangen. Wie immer, wenn ich von einem Alptraum aufwachte, lauschte ich ihn die Stille. Das gehörte zu einem der vielen Ticks, die ich durch Ben entwickelt hatte.

Als ich sicher war, nichts zu hören, schlich ich mich zu Henry ins Zimmer und hoffte, dass er alleine heimgekommen war. Glücklicherweise war er ein Gentleman und so schlief er alleine in seinem großen Bett.

„Henry? Henry, schläfst du?", flüsterte ich ihm zu.

„Hm", kam es schlaftrunken von ihm. Er öffnete nicht einmal seine Augen.

Ich schlüpfte, wie leider sehr oft in den letzten zwei Jahren, zu ihm ins Bett. Er hatte für solche Fälle bereits zwei Bettdecken, so kamen wir uns nicht in die Quere und es wurde auch nicht zu merkwürdig. Immerhin war er *nur* mein bester Freund. Doch er bot mir Sicherheit, die ich alleine in meinem Bett oft nicht fand, auch wenn es täglich ein wenig besser wurde.

Kapitel 3

Ben

„Pete!" Ich saß in der hinteren Ecke des Sportplatzes und winkte den hageren Mann mit dem Vokuhila zu mir her.

„Gibt es schon etwas Neues? Was hast du herausgefunden?", fragte ich leise und kaute auf einem Zahnstocher herum. Ich hatte in den letzten Monaten gute Kontakte im Knast geknüpft und verfügte jetzt über passende Zahlungsmittel, um meine Quelle zu entlohnen.

Leider dauerte es - wie alles im Gefängnis - sehr lange, um an Auskünfte zu kommen. Der richtige Informant musste den richtigen Vermittler finden und dieser musste den richtigen Wärter finden, der dann wiederrum mit den Cops ins Gespräch kam, und so weiter und so fort.

„Nein, Boss. Ich hatte noch nicht genügend Zeit, um genaue Angaben zu erhalten. Aber ich weiß, dass sie Richtung Westen umgezogen ist. Und natürlich nicht alleine. Ihr Freund George ist auch dabei. Sie haben neue Identitäten angenommen, aber ich weiß nicht, welche."

„George ...", ich ballte eine Hand zur Faust. Ich hätte ihn gleich erledigen sollen. Aber er wird schon noch dafür bezahlen, seine Zeit wird kommen! „Hier sind deine Zigaretten. Sobald du mehr weißt, suchst du mich entweder hier oder in der Kantine auf."

„Geht klar, Boss."

„Und hör auf mich *Boss* zu nennen. Ich will nur an Informationen kommen!"

„Ist gut, Boss. Wird gemacht, Boss."

Pete war nicht gerade der Hellste, aber er versuchte wirklich alles, um an diese Antworten zu kommen, die ich mir sehnlichst wünschte, damit mein Plan die perfekte Form annehmen konnte.

Wenn ich entlassen wurde, musste ich erst mal wieder resozialisiert werden. Zum Glück hatte ich noch einen Treuhandfond von meiner Großmutter, den ich nicht auf den Kopf gehauen hatte, weil ich mir davon mit Aurelie ein schönes Leben machen wollte. Diesen konnte ich verwenden, um wieder von vorne zu beginnen.

„Der Freigang ist beendet! Alle wieder zurück in die Zellen!"

Diese Worte hörte ich nicht gern und doch viel zu oft. Denn sie zeigten mir, dass ich eben nicht mehr tun und lassen konnte, was ich wollte, sondern wie ein Tier im Käfig saß. Ich stand auf und sah bereits den Schlägertrupp auf mich zukommen. Ich hatte ihnen nichts getan und ging ihnen auch aus dem Weg, aber irgendwie hatten sie es auf mich abgesehen. Gerade als sie mich umstellen wollten, kamen die Wärter und drängten alle auseinander und ins Gebäude. Ich musste also auch noch jemanden beauftragen herauszufinden, was diese asozialen Typen von mir wollten.

Vielleicht waren sie auch bestechlich und ich konnte sie so von mir fernhalten. Denn eins war sicher: Ich brauchte keine weiteren Probleme.

In meiner Zelle angekommen, legte ich mich aufs Bett und ging in Gedanken meinen Plan durch.

Zuerst musste ich herausfinden, welchen Namen sie jetzt hatte, dann wo sie wohnte. Vermutlich in einer bewachten Wohnanlage. Da würde sie sich sicher fühlen, auch wenn sie es vor mir nicht war.

In einer solchen Anlage gab es meist eine etwas korpulentere Dame, die Single war. Mit dieser musste ich zusammenkommen und zu ihr in die Wohnung ziehen, sodass ich näher an Aurelie war und sie beobachten konnte.

Zuvor galt es allerdings noch, mir eine gute Tarnung zuzulegen, damit sie mich nicht sofort erkannte.

Vielleicht konnte ich auch Howard kontaktieren und fürs Erste bei ihm unterkommen. Dad würde mich sicher nicht mehr bei sich aufnehmen. Deshalb konnte ich Chicago eigentlich auch verlassen.

Ja, Howard war eine gute Idee. Ich drehte mich um und machte ein Nickerchen, bis mich die Wärter wieder weckten.

Kapitel 4

Regina

Logan hatte es noch geschafft, mich im nächsten Kurs in seinem Sportverein unterzubringen und jetzt sah ich mich einem großen muskulösen Trainer gegenüber, der an einem sehr gut gepolsterten und geschützten Mann demonstrierte, wie wir uns gegenüber Angreifern verhalten sollten, bzw. welche Taktiken wir anwenden konnten.

Als nächsten Schritt sollten wir uns zu Paaren zusammenfinden, um das gerade Gesehene zu üben.

Ich suchte mir eine ältere Dame aus, da ich der Meinung war, sie hätte nicht mehr so viel Kraft und würde mir nicht gefährlich werden. Leider falsch gedacht!

Die Alte hatte ganz schön Feuer im Blut. Sie sah eigentlich harmlos aus, mit ihren weißen kurzen Haaren, der Brille und dem etwas gebückten Gang. Ich spielte zuerst den Angreifer, aber hätte ich gewusst, dass ich zwei Sekunden später auf der Matte liegen würde, weil diese Dame auch noch Judo beherrschte, hätte ich mich anders entschieden. Hart knallte ich mit dem Rücken auf die Matte und sämtliche Luft entwich im ersten Moment aus meiner Lunge. Vor Schreck riss ich die Augen auf und konnte gar nicht fassen, was gerade passiert war.

„Sachte, sachte, Mrs. Brown! Es geht hier um Selbstverteidigung. Wir wollen unsere Gegner nicht gleich ausschalten. Wobei ich mich schon gerade fragen muss, warum sie in unserem Kurs sind. Sie scheinen ja alles gut im Griff zu haben."

Der Trainer kam zu uns rüber und half mir beim Aufstehen.

„Ach, Coach, ich wollte nur sehen, ob ich hier noch ein paar neue Kniffe und Tricks lernen kann." Lachend sah ihn die alte Dame an und freute sich sichtlich über ihren Erfolg.

„Alles klar bei Ihnen?", erkundigte er sich und klopfte mir kurz auf die Schulter, woraufhin ich reflexartig zusammenzuckte.

„Ja, danke, es geht schon wieder. Ich war nur etwas überrumpelt, mehr nicht." Ich schenkte ihm ein leichtes Lächeln und beäugte dann misstrauisch die Lady mir gegenüber. Als sie den Angreifer spielte, konnte ich sie gerade mit Müh und Not überwältigen, wobei ich tollpatschig wie immer war.

Betty konnte sich vor Lachen kaum auf den Beinen halten. Sie hatte ihre Sportklamotten an und wollte eigentlich mittrainieren, aber jetzt hielt sie sich nur noch lachend den Bauch.

Fix und fertig fuhr ich mit dem Taxi nach Hause. Was für eine bescheuerte Idee! Da sie die Vorlage eines Teilnahmezertifikats verlangte, musste ich diesen Kurs auch bis zum Ende mitmachen. Was hatte sich Dr. Miller da nur ausgedacht?

Im Poolbereich unsere Anlage spielten die Kinder, die in letzter Zeit immer mehr zu werden schienen. Es zogen viele Familien zu uns, eben aufgrund dessen, dass die Anlage bewacht wurde. Auf einem Stuhl in Schatten entdeckte ich Juanita. Sie war eine rassige Latina, hatte üppigen Kurven an den richtigen Stellen und wurde zu einer

Freundin in den letzten Jahren. Sie war eine herzensgute Frau und ich mochte sie wirklich gern.

„Hallo, Juanita. Wie geht es dir?"

„Ah, Regina! Schön dich zu sehen. Danke, mir geht es gut. Na ja, so gut es einem bei einer Diät eben gehen kann."

„Ach, Juanita, ich finde du hast genau die richtigen Proportionen. Vergiss die Diäten. Die Männerwelt liegt dir doch auch so zu Füßen." Ich lächelte sie aufmunternd an, streichelte kurz über ihren Arm und ging dann in unsere Wohnung zum Duschen.

Als ich fertig war und mir gerade etwas zu essen vor dem Fernseher gönnte, kam Henry nach Hause.

„Regi, hallo. Na, wie war dein erster Kurstag in Selbstverteidigung?", neugierig fragend, schmiss er seine Sachen achtlos auf den Boden und ließ sich neben mir auf die Couch plumpsen. Er schnappte sich eine Hälfte meines Sandwiches und biss herzhaft hinein.

„Äh, hallo, das ist mein Abendessen! Mach dir gefälligst selbst etwas, wenn du Hunger hast." Lachend stieß ich ihn in die Seite und holte mir mein Sandwich wieder.

„Der Kurs ist eine reine Katastrophe und er dauert noch die gesamte Woche, danach haben wir auch noch eine Art Abschlusstest." Stöhnend rutschte auf der Couch nach unten. „Ich wurde von einer alten Dame aufgemischt, und hatte große Mühe sie zu überwältigen. Das ist unfair! Ich bin eine totale Anfängerin und die alte Schachtel hat mindestens zehn Kurse hinter sich.", Schmollend biss ich von meinem Sandwich ab.

Henry verschluckte sich an seinem letzten Bissen und fing an zu husten. Lachend und prustend stand er auf und holte sich ein Glas Wasser.

„Du wurdest von einer alten Dame abgezockt? Oh mein Gott, das ist ja so komisch! Entschuldige, aber *das* sollte doch eigentlich nicht sein, oder?" Er hielt sich den Bauch vor Lachen und musste sich schon an der Küchenzeile abstützen.

Betty stimmte wieder in das Lachen mit ein und wiederholte die Szene im Kurs noch mal. Sie quietschte geradezu vor Vergnügen.

Ich warf ein Kissen nach Henry und schmollte noch mehr.
„Wenn du Probleme mit den Griffen und Techniken hast, dann frag doch Logan. Er übt sicher gern mit dir!
„Mit Logan?", verlegen strich ich mir eine Strähne hinter das Ohr. Da ich letzte Nacht ausgerechnet von ihm geträumt hatte, fühlte ich mich jetzt irgendwie ertappt. „Ne, lass mal. Ich hab ja noch die ganze Woche Zeit. Da werde ich das schon hinkriegen. Wenn nicht, kann ich ihn immer noch fragen."
Ich stand auf, räumte mein Geschirr weg und ging in mein Zimmer. Meine Wangen fingen an zu glühen, als ich noch mal an letzte Nacht und den Traum von Logan dachte.
Es fing alles ganz harmlos an, er besuchte uns wie sonst auch. Ich bereitet das Abendessen vor und fragte ihn, ob er nicht bleiben wolle, um mitzuessen und dabei schnitt ich mir in den Finger. Er kam sofort zu mir herüber, säuberte und versorgte meine Schnittwunde professionell, wobei ich ihm bewundernd zusah. Es war ein magischer Moment, als er den Blick hob und sich unsere Blicke trafen. Mir wurde plötzlich ganz heiß und meine Wangen brannten vor Verlegenheit. Logans Gesicht kam

immer näher und mein Herz begann zu rasen. Seit Ben hatte ich keinen Mann so nah an mich herangelassen. Doch in diesem Moment, hier mit Logan, fühlte es sich richtig an. Eine Strähne fiel hinter seinem Ohr hervor und kitzelte mich im Gesicht. Ich sah noch, wie er seine Augen schloss und seine Lippen immer näher kamen, bevor auch ich meine Augen schloss und meine Lippen spitzte in Erwartung eines Kusses. Ich spürte seine Hand an meiner Wange, mein Atem ging schneller und mein Herz versuchte, Purzelbäume zu schlagen. Und dann trafen sich unsere Lippen und in meinem Bauch schien ein Vulkan zu explodieren.

In diesem Moment wachte ich auf und mein Herz pochte ähnlich wild wie jetzt, als ich mir den Traum noch mal in Erinnerung rief. Logan? War er überhaupt mein Typ? Ja, zugegeben, er war groß, hatte tolle Muskeln, eine schmale Taille, ein breites Kreuz, vertrauensvolle hellbraune Augen …

Na? Wer kommt denn da endlich wieder zurück ins Leben? Schnappen wir uns jetzt endlich Logan? Er ist scharf, ja wirklich heiß! Betty lag bäuchlings auf ihrem Bett, die Füße in die Luft gestreckt, den Kopf auf die Hände gestützt und grinste vor sich hin, während sie sich Logan vorstellte und überlegte, wie seine *Qualitäten* wohl waren.

Was? Nein, wir schnappen uns Logan nicht! Es war nur ein Traum, mehr nicht!

Und warum sind dann lauter Schmetterlinge in deinem Bauch unterwegs und deine Wangen so rot? Das kommt nicht nur vom Traum. Fröhlich sprang Betty vom Bett und verschwand im Badezimmer.

Ich verscheuchte Bettys Gedanken mit einer Handbewegung. Was wusste sie schon? Ich wollte nichts von Logan, er war lediglich ein Freund.
Plötzlich wurde ich von einem Klopfen aus meinen Gedanken gerissen und ich quietschte vor Schreck auf.
„Regi? Alles in Ordnung bei dir? Ich wollte dich nicht verscheuchen oder kränken, sondern dir nur helfen", kam es von der anderen Seite der Tür.
„Alles in Ordnung, Henry. Mach dir keine Sorgen, ich bin nur müde. Der Tag war doch etwas anstrengend. Ich werde jetzt ins Bett gehen. Gute Nacht."
„Alles klar, gute Nacht. Und sollte etwas sein, du weißt ja, wo deine zweite Bettdecke wartet."
Ich hörte Henry zurück ins Wohnzimmer gehen und verspürte tatsächlich große Müdigkeit. Die Gedanken an Logan und den Traum ließen mich allerdings nicht wirklich los, bis ich einschlief.

Ich ging eine wenig erhellte Straße entlang, links und rechts eine Einkaufstüte in der Hand. Sie machte eine Kurve; plötzlich hörte ich hinter mir Schritte. Ich drehte mich um, konnte aber niemanden entdecken, weshalb ich mich wieder in Bewegung setzte. Diesmal jedoch etwas schneller. Auch mein Verfolger beschleunigte sein Tempo, woraufhin ich anfing zu rennen. Mit den Tüten in meinen Händen fiel es mir nicht leicht, und so vernahm ich die Schritte immer näher kommen. „Du kannst mir nicht entkommen, Aurelie!" Jetzt geriet ich in Panik, ließ die Taschen fallen und sprintete los. Getrieben vom hämischen

Lachen hinter mir, lief ich, so schnell ich konnte, um ein Häuvereck und prallte dann gegen Ben.

Meine Augen weiteten sich vor Schreck, ich wollte schreien, brachte aber keinen Ton über meine Lippen.

Er packte meine Hand und wollte mich in ein Auto zerren. Starr vor Angst, konnte ich mich nicht mehr an die Griffe aus meinem Selbstverteidigungskurs erinnern, um mich zu befreien.

Endlich fand ich meine Stimme wieder und schrie aus Leibeskräften um Hilfe, während Ben nur lachte und stetig die Worte wiederholte: „Du kannst mir nicht entkommen! Du kannst mir nicht entkommen!"

In diesem Moment blendete mich der Strahl einer Taschenlampe. Ich konnte nicht erkennen, wer es war oder was derjenige wollte, doch dann hörte ich seine Stimme: „Halt, Polizei! Lassen Sie die Frau los und entfernen Sie sich von Ihr!"

Es war Logan! Mein Held in strahlender Rüstung – beziehungsweise in Polizeiuniform.

Er überwältigte meinen Angreifer mit Leichtigkeit, sperrte ihn in den Polizeiwagen. Danach kam zu mir, nahm mich in den Arm und versuchte, mich zu beruhigen. Obwohl ich nun in Sicherheit war, konnte ich einfach nicht aufhören zu zittern

„Regi? Regi? Alles in Ordnung! Du hast nur geträumt. Wach auf, es war nur ein Albtraum."

Langsam kam ich zurück in die Realität, in der ich heftig durchgeschüttelt wurde.

„Henry? Was ist los? Was ist passiert?"

„Du hattest seit langem mal wieder einen schlimmen Albtraum, denn du hast im Schlaf geschrien. Da bin ich zu dir geeilt, um zu sehen, was los ist."

„Ich … was?", stammelte ich fragend und kratze mich am Kopf, während ich versuchte, meinen Herzschlag und meine Atmung wieder unter Kontrolle zu bringen.

„Ja, ich hatte tatsächlich einen Alptraum. Ben verfolgte mich und wollte mich packen, doch Logan kam mir zu Hilfe und rettete mich."

„Logan? Nicht ich? Jetzt bin ich aber etwas enttäuscht." Gespielt gekränkt schaute Henry mich an, soweit ich das im Dunkeln erkennen konnte.

„Na, komm mit rüber zu mir, es ist erst 05:00 Uhr morgens, wir haben also noch etwas Zeit, bis wir aufstehen müssen."

„Nein, danke. Ich werde jetzt aufstehen und etwas lesen. Schlafen kann ich sicher nicht mehr, aber danke für das Angebot." Ich umarmte Henry noch mal, damit er wusste, dass mit mir alles in Ordnung war, und dann gingen wir beide in jeweils andere Zimmer.

Ich setzte mich an den Tresen und wartete darauf, dass der Kaffee fertig wurde. In der Zwischenzeit dachte ich wieder über Logan und Ben nach. Ich hasste es, Ben nicht aus meinen Gedanken verbannen zu können. Auch Dr. Miller hatte das noch nicht geschafft. Aber es wurde schon viel besser.

Kapitel 5

Ben

Inzwischen hatte ich Kontakt zu Howard aufgenommen und ihm mitgeteilt, dass ich nach meiner Entlassung vorübergehend eine Unterkunft benötigte. Wir hatten zwar nie wirklich engen Kontakt, aber man konnte sich auf ihn verlassen.

Er schrieb mir, dass er seinen Umzug nach L.A. vorbereitete, da er dort eine eigene Firma eröffnen wollte. L.A. also? Von mir aus; ich konnte Aurelie auch von dort aus finden.

Mit meinem Mittagessen in der Hand wollte ich mich gerade auf den Weg zu meinem Platz machen, als mir der Weg von Ramons Leuten verstellt wurde. Sie suchten Ärger und wollten mir mein Tablett wegschlagen. Ich sah das schon kommen und konnte es rechtzeitig in Sicherheit bringen, indem ich mich blitzschnell zur Seite drehte. Eine zweite Mahlzeit gab es nämlich nicht, egal aus welchen Gründen man die erste nicht essen konnte.

Leider schien sie das nur noch mehr zu verärgern. Der Anführer kam zwischen seinen Leuten durch und bohrte seinen Blick in meinen. Er war ein gut trainierter Latino mit Bart und jeder Menge Tattoos. Er hatte ein Kopftuch auf und wartete, dass ich etwas sagte. Ich tat es ihm gleich.

„Okay, Weißbrot, ich sehe, du versuchst, mir aus dem Weg zu gehen. Und das ist auch gut so, denn ich kann deine Visage nicht leiden, aber es gibt nur zwei Möglichkeiten, wie wir die Situation lösen können.".

„Entweder du zahlst deine *Schutzgebühr*, wie alle anderen hier auch, oder du erkämpfst dir deine Ruhe. Aber ich muss dich warnen, Carlos ist mein bester Mann und nicht leicht zu schlagen, eigentlich hat ihn noch nie jemand besiegt. Sogar die Wärter setzen inzwischen mehr Geld auf ihn als auf den Gegner, aber natürlich nicht offiziell." Er lachte auf, denn die Wärter waren angehalten, Unruhen im Keim zu ersticken und Kämpfe zwischen Gefangenen wurden nicht toleriert, außer es sprang etwas für sie heraus, und dann ging es auch nur bei zwei oder drei Wärtern, die sich dann etwas länger Zeit bei ihren Rundgängen ließen.

„Wieviel willst du, Ramon? Ich habe keine Lust auf einen Kampf, bei dem dein Rambo verlieren würde. Ich brauche das Wettgeld nicht."

„Du überheblicher kleiner Pisser! Ihr Weißen seid doch alle gleich! Denkt immer, ihr wärt etwas Besseres, aber das seid ihr nicht und hier drinnen hab ich das Sagen", er breitete seine Arme aus und zeigte mit eine Drehung auf das gesamte Gefängnis. Je wütender er wurde, umso stärker wurde sein Akzent.

„Ist gut, beruhig dich wieder. Ich denke keineswegs, dass ich besser bin als du. Also, wie viel?"

„Du kennst den normalen Preis? Weil du es bist, nehme ich das Doppelte. Wenn du nicht einverstanden bist, sehen wir uns in zwei Wochen in der *Kampfecke* wieder." Ramon setze ein schmieriges Grinsen auf, weil er wusste, er hatte so oder so gewonnen.

„Also gut, das Doppelte ... wie du willst. Morgen beim Freigang werde ich es dir bringen." Beim Vorbeigehen rempelte ich ihn bewusst mit der Schulter an. So ein Mist, ich musste schnellstens Zahlungsmittel auftreiben.

Wo steckte Pete, wenn man ihn mal brauchte? Ich setzte mich an meinen Tisch und begann zu essen.

Jetzt hieß es erst einmal einen kühlen Kopf bewahren, es würde schon schiefgehen. Ich durfte mich nur nicht auf einen Kampf einlassen, denn auch wenn ich nach wie vor trainierte, hieß das nicht, dass ich kampferfahren war. Ich musste also schnellstens Pete finden, damit er mir die restlichen Sachen besorgen konnte. Er arbeitete in der Wäscherei und hatte so Zugang zu mehreren Insassen, für die er gelegentlich ein paar *Gefallen* erledigte.

Endlich! Ich entdeckte ihn im hinteren Eck des Speisesaals, wo er sich mit einem anderen Gefangenen unterhielt, während er sich verstohlen umsah.

Als er mich entdeckte, beendete er das Gespräch, nickte dem Anderen zu und ging dann in meine Richtung. Ich unterbrach mein Essen und wartete auf ihn.

„Wo bleibst du denn? Ramon hat mir einen Besuch abgestattet. Er möchte die doppelte Gebühr von mir, *weil ihm meine Visage nicht gefällt,* äffte ich Ramon nach. Ich kann keinen Kampf riskieren, also kannst du mir bis morgen die restlichen Sachen besorgen?"

„Oh, Boss, das wird schwer, aber ich versuche es. Heute Nachmittag ist nicht viel los in der Wäscherei."

„Versuch dein Bestes! Ich muss die Gebühr zusammenbekommen, sonst sieht es sehr schlecht für mich aus. Und zum wiederholten Male: Nenn mich nicht Boss!", knurrte ich Pete an.

„Ist gut, Boss, ich werde dich nicht mehr so nennen."

Ich rollte mit den Augen und stieß einen Seufzer aus, ich würde mich wohl daran gewöhnen müssen, obwohl mir dieses *Boss* wirklich auf die Nerven ging. Aber Pete war eben nicht der Hellste, und ich fragte mich, ob er das

Verbrechen wirklich begangen hatte, dessen er beschuldigt wurde.

Kapitel 6

Regina

Die Woche verging wie im Flug und der dumme Selbstverteidigungskurs machte mich wahnsinnig. Ich brachte die einfachsten Griffe nicht zustande, wodurch ich weiterhin ein leichtes Opfer auf der Straße sein würde.

Genau das Gleiche erzählte ich auch Dr. Miller, doch sie tat das mit einer Handbewegung ab und meinte, ich müsste mich mehr anstrengen.

Als Freitagnachmittag Henry von der Arbeit nach Hause kam, bat ich ihn um Hilfe.

„Bitte, Henry! Du musst mit mir üben, sonst schaffe ich das nicht!" Flehend stand ich vor ihm.

„Ich hab dir doch schon gesagt, ich bin nicht der Richtige dafür. Außerdem treffe ich mich gleich mit Shauna und habe also keine Zeit. Frag endlich Logan, der kennt sich bestens damit aus und kann dir genau zeigen, wie du es besser machen kannst." Schnell sprintete er unter die Dusche, sodass ich ihm nicht widersprechen konnte.

„Ich treffe mich gleich mit Shauna", äffte ich ihn nach und ging schmollend zum Sofa. Das durfte alles nicht wahr sein! Ich konnte doch nicht Logan fragen, ob er mit mir übte. Lächerlicher konnte ich mich wirklich nicht vor ihm machen, und das nach diesen Träumen in letzter Zeit.

Doch wenn man vom Teufel spricht, kommt er auch schon. Denn in dem Moment klopfte es an unserer Wohnungstür und Logan rief fröhlich: „Hallo Jungs und Mädels, hier ist euer Lieblingsbesuch! Macht auf, ich habe etwas mitgebracht."

Ich ging zur Tür, um ihm zu öffnen, und konnte mir ein kleines Grinsen nicht verkneifen.

„Hallo, Logan! Schön, dass du da bist. Komm doch rein." Ich machte den Weg für ihn frei und schloss hinter ihm wieder die Wohnungstür. Ich schnupperte und konnte chinesisches Essen riechen, das ich mittlerweile sehr gerne aß.

„Du hast etwas vom Chinesen mitgebracht? Wie aufmerksam von dir!" Freudig sprang ich zum Bad, klopfte und teilte Henry mit, dass Logan etwas zu Essen mitgebracht hatte. Dann klatschte ich mir gegen das Hirn, weil mir wieder einfiel, dass er ja mit Shauna verabredet war. Das bedeutete, ich wäre mit Logan alleine. Verlegenheit und eine leichte Röte machte sich auf meinem Gesicht breit, als ich zurück ins Wohnzimmer mit der kleinen Kochecke kam. Logan hatte bereits Teller hergerichtet und sah mich erwartungsvoll an, als ich mich an den Tresen setzte.

„Henry wird sich uns wohl nicht anschließen. Er ist verabredet und muss gleich wieder los."

„Oh, wie schade. Na ja, das bedeutet aber auch, dass mehr für uns übrig bleibt!" Er grinste mich frech an, und meine Wagen glühten noch mehr. Es war fast wie in meinem ersten Traum - der Traum in dem er mich küsste. Ich schaute eilig weg und rief nach Henry.

Betty saß ebenfalls an ihrem Tresen und beobachtet Logan genau. Sie prägte sich jeden einzelnen gut trainierten Muskel an seinen starken Armen ein, die man unter dem T-Shirt gut erkennen konnte. Ihr Blick wanderte immer tiefer und sie zog ihn bereits förmlich mit ihren Blicken aus.

Henry kam angezogen aus dem Bad und rubbelte sich mit einem Handtuch die Haare trocken.

„Hallo, Logan. Du hast es von Regi sicher schon gehört. Ich habe heute ein Date mit Shauna und kann nicht zum Essen bleiben, sorry. Schade, dabei liebe ich chinesisch!" Er angelte sich ein Stückchen Fleisch aus meinem Essen und legte Logan ein paar Dollar auf den Tresen.

„Hier, mehr habe ich gerade nicht in der Tasche, ich muss noch bei der Bank vorbei."

„Was soll ich denn jetzt damit? Ich bringe doch kein Essen mit, um es mir dann von euch zahlen zu lassen. Steck das wieder ein, Kumpel." Logan lachte Henry an, der das Geld nur zu gern wieder zurück in die Tasche steckte.

„Regi, alles klar bei dir? Du bist so still und hast leicht gerötete Wangen. Hast du Fieber? Fühlst du dich krank?"

Ich fühlte mich dabei ertappt, wie ich heimlich Logan musterte, aber davon sprach mein bester Freund zum Glück nicht.

„Ähm ... nein. Es geht mir gut und ich hab auch kein Fieber! Mir ist nur irgendwie warm." Puh, ich muss etwas anderes anziehen. „Komme gleich wieder", erklärte ich und rannte in mein Zimmer, wo ich zu ergründen versuchte, warum ich so ein Kribbeln im Bauch verspürte. Ich lehnte mich wieder gegen meine Tür und konnte die beiden Männer reden hören:

„Ach, noch etwas. Könntest du bitte mit Regi die Griffe des Selbstverteidigungskurses üben? Sie hat Probleme damit und traut sich nicht, dich selbst zu fragen. Nächste

Woche ist ja diese Abschlussübung und Ihre Therapeutin besteht auf ein Zertifikat."

„Die Griffe und Technik üben? Nichts leichter als das. Ich finde, ihre Therapeutin hat wirklich Recht damit. Wenn sie weiß, wie sie sich bei einem eventuellen Angriff richtig verhalten kann, wird sich das positiv auf ihr Selbstbewusstsein ausüben. Und wer weiß, vielleicht können wir dann ja mal etwas zusammen unternehmen. Das wäre doch toll!" Ich hörte Logan in die Hände klatschen und verfluchte Henry innerlich, dass er Logan an meiner Stelle gefragt hatte. Obwohl, ich hätte es vermutlich nicht getan, insofern musste ich ihm wieder dankbar sein. Allerdings war ich jetzt erst mal sauer auf ihn.

Ich zog mir schnell ein anderes Shirt an und ging wieder in die Küche. Logan hatte mit dem Essen auf mich gewartet und Henry klaute sich noch ein Stückchen, bevor er kauend etwas Unverständliches brabbelte, winkte und zur Tür raus war.

Ich wusste nicht genau, was ich jetzt sagen sollte, war mir die Situation doch auf eine seltsame Art und Weise peinlich, gar unangenehm. Ich hatte eigentlich riesigen Hunger und freute mich tierisch auf das Essen, das da lecker vor mir auf den Tellern angerichtet war. Sogar an eine Nachspeise und meine Krabbenchips hatte Logan gedacht.

„Also …", begann er, die Stille zu unterbrechen, während er sich das Besteck nahm und in seinem Hühnchen süßsauer stocherte. „Dann wünsche ich dir guten Appetit. Lass es dir schmecken."

„Danke, du dir auch", brachte ich mit vollen Mund gerade noch raus. Ich stopfte mir den Mund immer voller, um ja nichts weiter sagen zu müssen, bis mir mein Verhalten selbst schon lächerlich vorkam. Es war Logan, der hier mit mir zu Abend aß, und nicht irgendein Blind Date.

Ich verdrängte also die Anspannung und versuchte, ihn nicht mehr zu mustern.

„Henry hat mir gesagt, ich soll mit dir die Selbstverteidigungspraktiken üben. Ich hätte morgen Vormittag nichts zu tun und könnte vorbeikommen. Der Innenhof würde sich wunderbar zum Üben eignen. Na, was meinst du?"

Er knuffte mich in den Oberarm und lachte mich aufmunternd an.

Ich seufzte: „Ja, ist gut. Ich brauche wirklich Hilfe dabei. Ich bin der reinste Trottel." Jetzt wurde ich wieder verlegen, weil ich mich wegen diesem Kurs so anstellte.

„Alles klar, abgemacht. Dann komm ich morgen gegen 10:00 Uhr vorbei. Zieh dir etwas Bequemes an. Meist sind Jogginghosen für solche Übungen sehr praktisch." Er freute sich richtig auf die Aufgabe, mir etwas beizubringen. Gut gelaunt aßen wir weiter.

„Wie sieht es aus, hast du noch Lust, einen Film zu gucken? Ich könnte bei Netflix nach Neuheiten suchen." Er runzelte leicht die Stirn und deutete auf den Fernseher.

„Ich will dich nicht von etwas abhalten. Ich weiß, das sagst du jetzt nur, weil du mitbekommen hast, dass Henry nicht da ist. Aber mir geht es gut. Wirklich, ist schon okay."

„Ach was, es macht mir nichts aus. Und bevor wir jetzt beide alleine vor dem Fernsehen sitzen, lass uns doch gemeinsam *alleine* sein." Er lachte mich wieder fröhlich an, ging dann zu Couch und suchte im Netflix-Programm einen passenden Film. Sein Lächeln war so entwaffnend, dass ich keine Gegenargumente mehr vorbringen konnte. So bereitete ich Popcorn vor, mit einer extra Portion Butter für Logan.

So, so! Einen Film schaut ihr also zusammen an. Na, wenn das mal kein Zufall ist. Oder vielleicht ein Zeichen? Wenn ihr das Licht ausmacht und er zufällig einen Horrorfilm auswählt, dann könntest du dich ganz nah zu ihm setzen. Solltest du erschrecken, kann er dich beschützend in den Arm nehmen.

Betty schloss die Augen, setzte ein glückseliges Lächeln auf und faltete die Hände vor der Brust.

Was? Nein! Er würde nie einen Horrorfilm aussuchen und ich machte auch ganz sicher nicht das Licht aus. Es ist ja nicht das erste Mal, dass wir einen Film alleine anschauten. Sofort breitete sich wieder ein Kribbeln in meinem Bauch aus und ich wurde wieder nervös. Das konnte ja heiter werden. Dieser dumme Traum! Ich musste ihn endlich vergessen!

Logan war schneller fertig als gedacht und wir machten es uns vor dem Fernseher bequem. Ich saß etwas steif neben ihm, aber irgendwann entspannte ich mich.

Gegen Ende des Films, es war tatsächlich noch etwas Popcorn übrig, überkam uns noch mal der Fresswahn und so geschah es, dass sich unsere Hände in der Schüssel berührten. Logan starrte erst diese zwischen dem Popcorn, dann mich an und zog seine so schnell weg, als hätte er sich an etwas verbrannt.

Ich war in diesem Moment genauso gelähmt wie er. Erschrocken schaute ich zur Schüssel und spürte ein leichtes Prickeln auf der Haut. Dort wo sich unsere Finger gestreift hatten. Ich bemerkte, wie mir das Blut in den Kopf schoss, und Logan schien ebenfalls verlegen zu werden. Wir schauten still den Rest des Filmes an; keiner wagte es, mehr nach dem Popcorn zu greifen.

Ende ertönte es aus dem Fernseher und im gleichen Moment sprang Logan auf.

„Eine wirklich lustige Komödie. Ich glaube, ich packe es dann trotzdem mal. Also, gute Nacht, schlaf gut. Wir sehen uns." Er wollte schon zur Tür sprinten, als ich ihm hinterherrief: „Ja, wir sehen uns morgen um 10:00 Uhr, oder?"

Logan drehte sich zu mir um und antwortete: „Ach so, ja klar. Wir wollten ja morgen üben! Gut, dann also bis morgen. Noch ein Grund mehr, dass ich jetzt gehe." Er lachte seltsam auf.

War ihm das jetzt tatsächlich so peinlich wie mir? Aber warum denn? Was war los?

Er winkte mir zu, während er durch die Tür ging, und rief: „Bis morgen!" Dann war er weg.

Ich hatte mich noch nicht von der Couch bewegt, saß immer noch genauso da wie während des Films.

Verlegen und leicht verwundert über mich selbst, sah ich auf meine Hand. Die Stelle, wo Logans Finger mich berührt hatten, kribbelte noch leicht. Kurz darauf schlug ich mir damit gegen die Stirn. Wieso musste ich ihn jetzt an unser Training erinnern? Ich wäre fein aus dem Schneider gewesen. Aber dann würde ich den Abschlusstest vermutlich nicht schaffen und Dr. Miller hätte vermutlich darauf bestanden, dass ich einen weiteren absolviere. Nein, da war das so eindeutig besser.

Ich stand auf und schlurfte ins Bad, um mich umzuziehen. Als ich im Bett lag, war ich zwar hundemüde, konnte aber dennoch nicht schlafen. Mir schwirrten zu viele Gedanken im Kopf. Na, das konnte morgen ja heiter werden!

Kapitel 7

Ich zwinkerte verschlafen und konnte nicht fassen, dass es schon der nächste Morgen war. Herzhaft gähnend streckte ich mich, bevor ich einen Blick auf den Wecker warf: 09:30 Uhr. Okay, gut. Dann hatte ich ja noch Zeit. Bis diese Meldung zu meinem Gehirn durchgedrungen war, streckte ich mich noch einmal.
„09:30 Uhr! Ach du Sch…", fluchend sprang ich aus dem Bett. Das hatte man davon, wenn man ewig nicht einschlafen konnte. Ich rannte ins Bad. Während ich an Henrys Zimmertür vorbeikam, hörte ich nur ein verschlafenes Gähnen und Geflüster. Ich zog mich an, kämmte mir die Haare und putzte meine Zähne. Sollte ich jetzt noch frühstücken? Mit etwas im Magen würde das Training sicher leichter sein, aber sollte mir schlecht werden, wäre das nicht so gut.

Wieso in Gottes Namen sollte dir schlecht werden?
Betty rollte mit den Augen, während sie sich schon aufwärmte und bereit für das Training war.

Kann alles passieren! Dachte ich mir nur, doch dann zog ich Müsli und eine Tasse Kaffee vor, damit mein Magen nicht knurrte oder ich keine Kraft mehr hatte.
Logan war pünktlich auf die Minute. Er trug ein Muskelshirt und Trainingshosen, womit er verdammt sexy aussah. *Was? Nein, so etwas durfte ich nicht denken!* Ich musste mich jetzt schließlich konzentrieren.

Betty genoss den Anblick in vollen Zügen. Zuerst zog sie die Luft gekonnt durch die Zähne ein, dann biss sie sich seitlich auf die Unterlippe und zum Schluss fuhr sie sich lasziv mit der Zunge über die Lippen.

Logan sah fröhlich und locker aus. Also dachte er nicht mehr an den peinlichen Moment von gestern Abend. So brauchte es mir auch nicht unangenehm sein. Er schaffte es, mich in eine lockere Stimmung zu bringen, sodass wir unbeschwert unsere Übungen im Hof absolvieren konnten.
„Und? Bereit?"
„Ich bin nie bereit. Ich bin nur das Opfer."
„Hey, das stimmt nicht! Das ist vorbei. Du bist eine selbstbewusste, starke Frau geworden, die sich jetzt zu verteidigen weiß. Habt ihr gehört, ihr Bösewichter? Ihr braucht es gar nicht erst zu versuchen, denn diese Lady hier kann sich verteidigen!", lachend rief er das im Hof der Wohnanlage laut heraus. Ich ermahnte ihn, leise zu sein. Das war mir zu viel Aufmerksamkeit für einen Samstagmorgen, an dem vielleicht noch ein paar der Nachbarn schliefen. So wie Henry. Wieso war Henry eigentlich noch nicht wach bzw. nicht aufgestanden? Er war doch sonst ein Frühaufsteher, das sah ihm gar nicht ähnlich. Und während ich noch nachdachte, wurde ich schon von hinten gepackt. Ich erschrak, während ich hochgehoben wurde, und strampelte wie wild mit den Füssen. Durch den Schreck realisierte ich überhaupt nicht, dass es Logan war, der bereits mit der ersten Lektion begonnen hatte. Ich war so in Gedanken, weshalb ich ihn nicht gehört hatte.

Ich schrie wie am Spieß. Sollte noch jemand geschlafen haben, war derjenige jetzt mit Sicherheit wach.

Logan redete auf mich ein. Ich realisiert allerdings nur eine Stimme hinter mir und achtete nicht darauf, zu wem sie gehörte und was sie mir sagen wollte. Mein Körper war nur noch auf Flucht programmiert und reagierte instinktiv.

Dann wurde der Griff gelockert und ich konnte endlich aus diesen Fängen entkommen. Mein Herz raste, als hätte ich einen Marathon hinter mir. Ich lief zum nächsten Baum, um mich dort zu verstecken, erst dann wurde mir wieder bewusst, dass ich mich in der bewachten Wohnanlage befand. Mein Hirn erinnerte sich wieder, dass ich mit Logan üben wollte. Langsam drehte ich mich um, immer noch keuchend und nach Luft ringend Und dort stand er: Logan. Er schaute mich schockiert an. Mit dieser Reaktion hatte er nicht gerechnet; ich ehrlich gesagt auch nicht. Die Entführung durch Ben war ja doch schon einige Zeit her.

Na toll! Hast du ja wieder super hingekriegt! Das kannst du gleich Dr. Miller nächste Woche erzählen, dann hört diese verdammte Therapie nie auf! Ärgerlich verschränkte Betty die Arme vor der Brust, seufzte tief und laut und stampfte mit den Füßen auf wie ein kleines Kind.

„Regi, beruhig dich wieder. Ich bin es, Logan!" Er redete beschwichtigend auf mich ein, während er die Hände hob.
Ich blinzelte ein paar Mal.
„Logan? Du hast mich zu Tode erschreckt!" Jetzt wurde ich wütend, aber eigentlich auf mich selbst. Denn hätte ich ihm zugehört, wäre das ganze Drama hier nicht passiert und ich hätte nicht die halbe Nachbarschaft aus dem Bett geholt.

Mittlerweile war auch Henry im Hof. Nur mit Boxershorts bekleidet rannte er auf mich zu und nahm mich in den Arm.

„Ich würde dann sagen, das Training ist für heute beendet." Entschuldigend ging Logan ein paar Schritte rückwärts. „Es tut mir leid, damit hatte ich wirklich nicht gerechnet. Das war nicht meine Absicht!"

Ich schob Henry von mir weg und ging ein Stück auf Logan zu.

„Was? Nein! Wir hatten doch noch gar nicht begonnen. Es war meine Schuld. Ich hatte dir nicht zugehört und so in Gedanken versunken war ich einfach nur überrascht. Bitte, der Test ist schon in ein paar Tagen."

Jetzt schaute ich wieder meinen besten Freund an, der immer noch nur in Boxershorts neben mir stand.

„Und könntest du dir bitte mal etwas anziehen? Wieso warst du überhaupt noch im Bett? Hätte ich darüber nicht nachgedacht, dann wäre das hier alles nicht passiert!" Jetzt wurde ich biestig, dabei wollte ich nur endlich diese Therapie beenden und vor allem diesen dummen Test bestehen.

Henry sah über den Hof zur Eingangstür unseres Abschnittes. Dort stand eine junge hübsche Frau, vermutlich war das Shauna, und auch sie hatte nicht wirklich mehr an als er. Entschuldigend und etwas verlegen fing er an zu grinsen und fuhr sich mit der Hand über den Kopf und durch die Haare.

„Ja, ähm ... Shauna kam gestern noch mit ..."

„Stopp!" Ich hob die Hand, schaute von Shauna zu Henry und wieder zurück zu Shauna. „Schön, dass ihr Spaß hattet, aber es war der denkbar ungünstigste Zeitpunkt dafür", grummelte ich, sauer auf mich selbst.

„Also, jetzt komm mal wieder runter. Was kann ich dafür, wenn du dich nicht auf dein Training konzentrierst? Also echt jetzt, das kann nicht dein Ernst sein! Wenn du sauer sein willst, dann bitte auf dich selbst! Ich hab mit der ganzen Sache nichts am Hut. Im Übrigen, solltest du es nicht bemerkt haben, kam ich sofort rausgerannt, und das ohne Rücksicht auf Verluste." Er deutete an sich hinunter und meinte damit offensichtlich seine spärliche Kleidung. Ich konnte also noch von Glück reden, dass er eine Boxershorts anhatte.

Ka-wusch. Betty imitierte einen Peitschenhieb.

Das hatte gesessen. Henry zog beleidigt ab. Könnten Blicke töten, wäre ich auch noch von Shauna durchbohrt worden.
„Henry, warte! Ich hab das nicht so gemeint. Es tut mir leid." Meine Stimme wurde zu einem Flüstern, als ich merkte, dass er nicht anhalten würde. Er nahm seine neue Freundin bei der Hand und zog sie hinter sich zurück ins Haus.
Logan hatte seine Sachen schon eingepackt und wollte die Tasche gerade über seine Schulter hängen.
„Nein, Logan, bitte! Ich hab mich wieder im Griff, wirklich! Ich war nur nicht drauf vorbereitet. Aber jetzt konzentriere ich mich nur auf dich und höre dir zu. Ich mach was du sagst, aber bitte geh jetzt nicht nach Hause." Mit einem Schritt war ich auch schon bei ihm und legte ihm die Hand auf den starken und muskulösen Arm.

Betty hatte eine Puppe vor sich und brüllte diese im Militärstil an. *Ich will Liegestützen sehen, und zwar jetzt sofort, zehn Stück! Hopp, hopp, wird's bald?* Das war wohl ihre Art, mir innerlich eine Strafe aufzubrummen, aufgrund Unaufmerksamkeit.

„Bist du dir sicher? Wenn dir das zu viel wird heute, ist das okay. Aber versteh mich jetzt bitte nicht falsch, auf der Straße kannst du nicht einfach nur drauf hoffen, dass dein Angreifer dich wieder runterlässt. Dann musst du wirklich die Kniffe und Tricks anwenden, die du hier übst." Er sah mich besorgt an, eben wie man einen geschädigten Menschen ansieht - ein Opfer.

„Ich bin mir sicher. Ich möchte keine leichte Beute mehr sein. Also bitte, zeig mir, wie ich mich verteidigen kann."

Jetzt lächelte er wieder und mir wurde etwas wärmer ums Herz. Es war ein umwerfendes und ehrliches Lächeln, das nicht zum Zweck der Eroberung diente.

„Ist gut. Aber nur, wenn du mich nicht mehr anschreist. Du kannst ja echt ganz schön laut sein." Jetzt lachte er und lockerte damit die ganze Situation weiter auf. Ich konnte nicht anders und stimmte mit ein, obwohl mir das alles noch sehr peinlich war. Aber er hatte so eine tolle Art an sich, dass ich mich schnell wieder wohl fühlte und alles vergessen war.

Logan hatte es voll drauf, den Trainer zu geben, mir alles haargenau zu erklären und zu zeigen. Der Vormittag war so schnell rum, dass wir sogar während der Mittagszeit weiter übten. Irgendwann hatte ich endlich kapiert, mich auf mich und meine Fähigkeiten zu konzentrieren und nicht auf das, was der Angreifer sagte oder tat. Und obwohl ich es nicht zugeben wollte, wuchs auch mein Selbstbewusstsein mit jeder gemeisterten neuen Situation. Es machte Spaß und ich ging mit Logan so locker um, als hätte es diesen verführerischen Traum nie gegeben.

Doch dann, bei der letzten Übung, dachte mein heutiger Trainer, er müsste jetzt noch eine Nahkampfszene mit mir testen. Leider ging das so was von in die Hose, dass wir beide umfielen. Logan landete auf dem Rücken und riss mich mit, wodurch ich auf ihm landete. Unsere Gesichter nur Zentimeter voneinander entfernt. Wir lachten zuerst auf, doch dann sahen wir uns tief in die Augen und wurden immer stiller. Mein Herz setzte einen Moment aus, nur um dann umso schneller zu schlagen.

Logan sah von meinen Augen weg zu meinen Lippen und ich hätte meine Oma verwettet, dass seine Mundwinkel zuckten. Da wir beide vom Training außer Atem waren, fiel mein immer schneller gehender nicht weiter auf. Ich konnte Logans sexy, flachen Bauch unter mir spüren, wie er sich hob und senkte. Ich klammerte mich an seinen starken Armen fest und konnte die gut definierten Muskeln an den Oberarmen fühlen. Ich leckte mir kurz über die Lippen und biss gleich darauf auf meine Unterlippe, als ich von Logan aus meinen Gedanken gerissen wurde.

„Regi? R-e-g-i-n-a! Hey, alles ok? Könnten wir vielleicht wieder aufstehen? Ich liege nämlich auf einem sehr spitzen Stein und der bohrt sich gerade dort hinein, wo ich ihn garantiert nicht haben möchte!"

„Was? Oh, entschuldige, natürlich! Warte, bin schon weg." Umständlich krabbelte ich von ihm herunter und sah, durch das hochgerutschte T-Shirt, jetzt auch seinen Bauch, den ich eben noch unter mir gespürt hatte.

Etwas verlegen standen wir beide nun da. Hatte er dieses Kribbeln, diese Anziehung zwischen uns auch gerade gespürt? War da ein Knistern oder hatte ich es mir nur eingebildet? Ich starrte auf den Boden und kickte einen Stein weg.

„Puh. Also ich weiß nicht, wie es dir geht, aber ich finde, das reicht für heute. Ich bin fix und alle." Logan stemmte die Hände in die Hüften und grinste mich an.

„Aber ich muss schon sagen, du bist eine gute Schülerin. Hast dich wirklich tapfer geschlagen. Bin beeindruckt. Wieso hattest du denn dann im Kurs Probleme? Kann ich überhaupt nicht verstehen."

„Na, weil ich da keinen so guten Lehrer hatte", ich zwinkerte ihm zu und jetzt wurde er verlegen.

Er lachte auf und strich sich mit der Hand über die kinnlangen Haare.

„Jetzt reicht es aber! Ich würde sagen, du bist bestens für den Test vorbereitet, da kann überhaupt nichts mehr schiefgehen. Dr. Miller wird überwältigt sein." Er kam zu mir und legte mir eine Hand auf die Schulter. Da er ein gutes Stück größer war als ich, musste ich meinen Kopf in den Nacken legen, um ihn ansehen zu können.

Er lächelte glücklich auf mich herab und meine Haut begann unter seiner Hand zu kribbeln. Jedoch wurde es mir jetzt unangenehm. Ich stieß ihn spielerisch weg.

„Iiihhh, du stinkst, Cowboy! Geh lieber erst mal duschen!"

„Wer hart arbeitet, der schwitzt eben auch. Komm her, ich weiß doch, dass du das gerne riechst!" Er hob die Arme und kam frech grinsend auf mich zu.

„Halt bloß Abstand. Ich weiß mich jetzt zu wehren!", warnte ich ihn spielerisch und lief kichernd und gackernd ich vor ihm weg.

„Fein, also ich fahr dann heim. Hat Spaß gemacht, Regi. Ruh dich jetzt aus und mach dir mit Henry noch ein schönes Wochenende."

„Ich glaube, ich darf mir erst noch eine Standpauke von Shauna anhören." Ich verdrehte die Augen und blickte in Richtung unserer Wohnung.

„Ich könnte mir vorstellen, dass sie mich nicht besonders mag", überlegte ich laut.

„Wie sollte man dich nicht mögen können? Kannst du mir das mal verraten?" Logan schenkte mir wieder ein herzallerliebstes Lächeln, schnappte sich dann seine Tasche und ging zum Ausgang der Anlage.

„Bis bald!", rief er noch, dann war er weg.

„Wenn du wüsstest …", flüsterte ich und ging in die Wohnung. Ich musste auch dringend duschen.

Als ich vor der Wohnungstür stand, hörte ich Shauna und Henry lautstark diskutieren. Natürlich ging es dabei um mich. Bei meinem Eintreten wurde es abrupt still.

Ich ging ins Wohnzimmer und wollte mich noch mal für die *Störung* heute Morgen entschuldigen, aber Shauna rauschte wie eine Diva an mir vorbei, raus zur Tür und weg war sie.

„Tut mir leid", murmelte ich Henry zu, doch er winkte nur ab und ging geknickt in sein Zimmer. Da musste ich wohl später das *Wieder-gut-mach-Eis* aus dem Gefrierfach holen.

Kapitel 8

Die Prüfung im Selbstverteidigungskurs war schneller da als gedacht, doch ich bestand sie mir Bravur.
Stolz hielt ich Dr. Miller das Zertifikat unter die Nase und konnte ein Grinsen, das von einem bis zum anderen Ohr reichte, nicht unterdrücken.
„Oh, Regina, das ist so toll! Ich freue mich für Sie. Das haben Sie wirklich großartig gemacht!" Dr. Miller klatschte begeistert in die Hände.
„Das heißt, Sie haben die Therapie fast abgeschlossen und können sich wieder auf ein normales Leben freuen. Sie haben sich großartig gemacht in den letzten Jahren. Ja, wirklich, ich bin stolz auf Sie. Sie haben Ihre Ängste überwunden und auch mehr Selbstvertrauen bekommen. Somit war die Therapie ein Erfolg und ist vorüber. Natürlich können Sie mich kontaktieren oder vorbeikommen, sollte irgendwann mal etwas sein." Sie strich mir mit beiden Händen aufmunternd und stolz über die Arme.
„Aber eine Sache, bevor ich Sie in die große, weite Welt entlasse, müssen wir noch erledigen."
Geheimnisvoll ging sie zurück zu ihrem Stuhl, während ich mich auf das Sofa setzte.
„Und was wäre das, Dr. Miller? Hoffentlich nicht noch ein Kurs!" Ich verdrehte die Augen und stöhnte innerlich.
Doch Dr. Miller fing nur an zu lachen.
„Aber nein. Es soll ja eine Art Belohnung für Sie sein. Wann haben Sie das letzte Mal Kleidung gekauft?"
„Ich hatte vor circa vier oder fünf Monaten welche bestellt. Aber warum?"
„Sehr gut. Als Abschluss Ihrer Therapie, und um Sie das erste Mal zu begleiten, wenn Sie unter viele Leute

gehen, werden wir beide zusammen shoppen gehen", erklärte sie mir freudig, sprang von ihrem Stuhl hoch und klatschte wieder in die Hände. Erwartungsvoll sah sie mich an.

Ich hingegen konnte sie nur mit offenem Mund anstarren.

Betty war natürlich hellauf begeistert. Endlich unter Leute kommen und dann auch noch shoppen. Sie vollzog sofort eine Fashion-Show und tat so, als würde sie auf einem Catwalk gehen, mit dramatischer Pose am Ende.

„Shoppen? Also richtig unter viele Leute gehen? Und das soll eine Belohnung sein? Das ist ja fast noch schlimmer als der Selbstverteidigungskurs!" Ich ließ mich auf dem Sofa nach hinten fallen, sodass ich fast darauf lag.

„Nein, ganz im Gegenteil. Sie werden wieder Teil Ihres Umfeldes, der Welt da draußen. Das ist beim ersten Mal vielleicht noch etwas verstörend, deswegen möchte ich Sie da gerne begleiten. Und warum das Furchteinflößende nicht mit dem Angenehmen verbinden? Kommen Sie, das wird prima!" Dr. Miller ging zurück zu ihrem Schreibtisch und blätterte in ihrem Kalender.

„Also diese Woche geht es nicht mehr, aber nächsten Donnerstag passt es sehr gut." Sie tippte mit dem Finger auf das Kalenderblatt unter ihr und sah mich fragend an.

„Also schön, nächste Woche Donnerstag", ergab ich mich seufzend.

Sie schrieb mir den Termin auf einen Zettel, damit ich ihn auch nicht vergessen konnte. *Und wenn der jetzt zufällig im Mülleimer landete,* überlegte ich.

„Kommen Sie nicht auf den Gedanken, den Termin platzen zu lassen. Ich hole Sie nämlich zu Hause ab. Dann fahren wir zum Rodeo Drive. Keine Widerrede!"

Mir klappte die Kinnlade wieder runter.

Betty warf alle ihre Klamotten auf einen großen Haufen und zündete diesen an. Sie wollte damit wohl Platz für die vielen neuen Sachen schaffen.

„Aber das kann ich mir nicht leisten! Wie soll das gehen?"

„Papperlapapp. Es geht nicht um das Kaufen an sich. Es geht darum, Ihnen zu helfen und beizustehen, wenn Sie sich wieder in die Gesellschaft begeben. Wir gehen in ein paar Geschäfte, schauen uns um und gehen wieder hinaus. Das war's schon."

Dann drückte Dr. Miller mir den Terminzettel in die Hand, zog mich von der Couch hoch und schob mich zur Tür.

„Aber ... aber ..."

„Nichts aber! Wir sehen uns nächste Woche zum Abschluss Ihrer Therapie. Das wird gefeiert."

Und schon knallte hinter mir die Tür des Behandlungsraumes zu. Ich guckte ziemlich doof aus der Wäsche. Wenn das mein Abschluss der Therapie sein sollte, dann war das wohl so. Ich konnte mich ja schlecht dagegen wehren.

Die Woche bis zu unserer Verabredung verging leider viel zu schnell und je näher der Shopping-Tag rückte, umso nervöser wurde ich.

Dr. Miller wollte mich um 13:00 Uhr abholen, doch zuvor tauchte noch Logan auf.

„Was willst du denn hier? Müsstest du nicht in der Arbeit sein?", fragte ich ihn überrascht, nachdem ich die Tür geöffnet hatte. „Und wo hast du eigentlich die ganze letzte Woche gesteckt?"

Logan war seit unserem Training nicht mehr bei uns gewesen, weshalb ich schon fürchtete, er würde mir aus dem Weg gehen.

„Regi, das wirst du mir nicht glauben!", freudestrahlend drängte er sich an mir vorbei in die Wohnung.

„Im Übrigen habe ich noch ein paar andere Freunde und Hobbys außer euch! Aber davon mal abgesehen, hatte ich beruflich gerade viel um die Ohren, denn – und jetzt halte dich fest – mein Wechsel zum FBI ist durch! Ich bin jetzt offiziell Agent Devenport. Na, was sagst du?"

„Du bist jetzt Agent? Wahnsinn! Ich gratuliere dir und freue mich wahnsinnig für dich! Auch wenn du gar nicht erwähnt hast, dass du dich beim FBI beworben hast." Ich sprang auf und ab und klatschte erfreut in die Hände.

„Ja, das ist es. Und zur Feier des Tages gebe ich am Wochenende eine Barbecue-Party. Henry und du müsst einfach kommen. Ein *Nein* lasse ich nicht gelten, schließlich ist deine Therapie fast zu Ende und du musst üben, unter Leute zu gehen. Da wäre meine Party doch ein guter Anlass dazu."

Er schlang seine Arme um mich, hob mich hoch und drehte sich mit mir im Kreis. Er lachte vergnügt und steckte mich damit an.

Dann hörten wir ein Klopfen an der Tür und wir erschraken beide, als wir Dr. Miller im Türrahmen stehen sahen. Vor Aufregung hatte ich vergessen, unser Wohnungstür wieder zur schließen.

„Dr. Miller, ich habe Sie gar nicht kommen hören. Ähm, darf ich vorstellen, das ist Logan Devenport. Er hat mich gerade zu Hause überrascht."

„Sie sind Dr. Miller? Schön Sie endlich mal kennenzulernen. Ich gratuliere Ihnen. Sie haben wirklich tolle Arbeit bei unserer Regina geleistet!" Logan ließ mich runter und ging zu ihr. Er streckte die Hand aus, um sie freundlich zu begrüßen, dabei hatte er ein offenes und ehrliches Lachen auf den Lippen.

„Ah ... Deputy Devenport, nehme ich an." Dr. Miller erwiderte seinen Gruß und lächelte zurück. „Ich habe bereits so einiges von Ihnen gehört." Sie nickte ihm wissend zu.

Logan fuhr sich verlegen über den Kopf.

„Ich hoffe doch, nur Gutes. Aber, ich bin nicht länger Deputy Devenport. Ich habe eine neue Arbeitsstelle beim FBI und bin jetzt offiziell Agent Devenport." Stolz streckte er die wohl geformte Brust raus und ich biss mir leicht auf die Lippen.

Verdammt! Seit wann sah er nur so umwerfend aus. Und bald würde er zum Anzug-Träger werden, das stand Ihm sicher auch hervorragend.

„Agent! Das ist ja großartig. Ich gratuliere Ihnen recht herzlich."

„Vielen Dank. Ja, deswegen bin ich auch um diese Uhrzeit hier. Ich musste es unbedingt gleich Regina erzählen und wollte sie in einem Zug zu meiner Barbecue-Party am Samstag einladen, die ich gerade plane. Wir haben ja doppelten Grund zu feiern. Immerhin ist Reginas Therapie vorbei und ich trete die neue Stelle an." Voller Hoffnung sah er mich an.

„Du willst, dass ich zu deiner Barbecue-Party komme?" Ich stand da wie vom Blitz getroffen. Das hieß, es würden sicher ein paar Leute da sein. Welche, die ich nicht kannte, die ich nicht kennenlernen wollte. Bei diesem Gedanken bekam ich Schweißausbrüche.

„Das ist ja eine großartige Idee. Noch ist die Therapie jedoch nicht ganz vorbei. Wir müssen jetzt noch zum Rodeo Drive und shoppen gehen. Und was passt besser als für ein Barbecue zu shoppen? Danach überlasse ich Regina dann Ihnen und natürlich auch Henry. Sie müssen dann aufpassen, dass sie auch regelmäßig nach draußen geht und wieder am Leben teilnimmt! Aber ich denke, da muss ich mir keine Sorgen machen. Und natürlich bin auch ich jederzeit für Sie da, Regina, falls etwas sein sollte."

Dr. Miller hakte sich bei mir unter und zog mich Richtung Wohnungstür.

„Wir werden das schon machen. Dafür sorge ich schon", lachte Logan hinter uns überzeugt.

„Also bis Samstag, Regina. Kauf dir etwas Hübsches und ich sage Henry noch Bescheid."

„Ciao, Logan", konnte ich gerade noch über die Schulter rufen und dann war meine Therapeutin auch schon mit mir unterwegs.

„Sie werden sehen, es ist nicht so schlimm wie Sie denken. Sie wollen doch auch wieder an den Pier gehen, oder?"

Oh, der Pier! Ja, ich sehnte mich schon danach, endlich wieder dem Wasser zu lauschen und in die Ferne zu sehen.

Betty war bereit und bestens gerüstet, sich endlich wieder ins Getümmel zu werfen. Mit Sonnenbrille und großem Hut sah sie aus wie eine Diva. Sie hatte ein enges

Etuikleid an, hohe Schuhe und suchte bereits die Aufmerksamkeit der Leute, welche sie prompt bekam.

Natürlich war ihr nicht entgangen, dass Logan ein Barbecue gab und sie gierte bereits danach, neue Leute - vor allem Männer - kennenzulernen.

Dr. Miller brauste mit mir auf dem Beifahrersitz in ihrem Cabrio durch die vollen Straßen. So viele Menschen. Ich starrte nur geradeaus, denn das Gefühl, wieder unter Leuten zu sein, war im ersten Moment einfach überwältigend; natürlich negativen Sinn.

Am Drive angekommen, fand Dr. Miller wie selbstverständlich einen Parkplatz und zog mich dann aus dem Auto.

„Nun kommen Sie schon, Regina. Es wird toll, glauben Sie mir. Außerdem benötigen Sie doch ein tolles Kleid. Etwas Sommerliches, vielleicht mit Rüschen. Auf jeden Fall muss es die anderen Gäste umhauen!"

„Na ja, besser wäre ein Kleid, das nicht alle Blicke auf sich zieht. Ich muss mich ja erst wieder daran gewöhnen, unter Leuten zu sein", setzte ich als Einwand an, doch davon wollte meine Therapeutin nichts wissen. Und so stand ich im nächsten Moment auch schon im ersten Geschäft in der Umkleide und bekam einen Haufen Kleidung gebracht, die ich anprobieren sollte.

Ich fühlte mich etwas unwohl, aber da ich jetzt da durch musste, beschloss ich, das Szenario soweit es ging zu genießen.

Betty war voll in ihrem Element. Sie hatte Champagner in der Hand und hüpfte geradezu von einem Kleid in das nächste und warf mit Dollarscheinen um sich.

Um ein Kleid in meiner Preisklasse zu finden fuhren wir weiter zum Hollywood and Highland Center, parkten im dazugehörigen Parkhaus und klapperten die Geschäfte ab. Natürlich war für Dr. Miller ein Besuch bei Victoria's Secret ein Muss.

Ich hatte mich doch recht schnell durch ihre Hilfe an die vielen Menschen und das Einkaufen gewöhnt. Es war gar nicht so übel. Ich fühlte mich fast wohl und konnte ein Lachen nicht unterdrücken.

„Sehen Sie, es ist überhaupt nicht schlimm! Ich wusste es. Jetzt müssen Sie das nur fortführen."

„Ja, Sie hatten mal wieder Recht. Ich gebe es ja zu und ein klein wenig hat es mir auch gefallen, unter Leute zu kommen."

Wir stießen mit unseren Gläsern an und zahlten.

Beim Verlassen des Cafés wanderte mein Blick über die Straße, die Geschäfte und die Menge. Ich blieb bei einem Mann hängen. Ich sah ihn nur von hinten, aber irgendetwas an ihm kam mir seltsam vor und mich fröstelte leicht.

Dann drehte sich dieser zur Seite und ging langsam von einem Schaufenster weg.

Ich erstarrte, denn ich sah – Ben!

Er hatte zwar jetzt dunkle Haare und einen neuen Haarschnitt, außerdem war er auch nicht mehr ganz so muskulös, aber dennoch gut trainiert. Doch es war Ben. Es musste es sein!

Ich wurde kreideweiß und bekam keine Luft mehr. Dr. Miller, die eben noch fröhlich neben mir ging, blieb abrupt stehen.

„Regina? Regina, was ist los mit Ihnen? Sie kriegen doch jetzt keine Panikattacke mehr, wir sind schon so weit gekommen!" Sie zog ein Döschen mit Tabletten aus ihrer Tasche und gab mir eine, die ich gerade noch hinunterschlucken konnte. Meine Augen waren vor Schreck geweitet und ich zeigte auf die andere Straßenseite.

Die Therapeutin drehte sich um, doch sie konnte nicht erkennen, was ich meinte.

„Dort! Dort drüben geht er! Wie kann das sein? Er müsste noch im Gefängnis sitzen!", presste ich zwischen den Schnappern nach Luft heraus.

„Das kann nicht sein, Regina. Ben sitzt im Gefängnis und wird Sie nie wieder belästigen. Das ist ein Hirngespinst, das dürfen Sie nicht ernst nehmen. Ich habe schon mit so etwas gerechnet, daher wollte ich dabei sein. Die Tablette wirkt gleich, dann wird es Ihnen besser gehen. Ich hatte allerdings früher mit so einem *Anfall* gerechnet."

„Nein, schauen Sie doch. Er ist es wirklich! Dort hinten! Schnell, sonst verschwindet er hinter der Ecke!"

Hatte mein plötzlicher Kollaps nicht schon genug Aufmerksamkeit auf sich gezogen, so tat mein Kreischen jetzt den Rest.

Dr. Miller drehte sich noch einmal um, doch da war Ben schon weg.

„Gut. Wie sah er denn aus?", versuchte sie, mich weiter zu beruhigen.

„Wir müssen hinterher! Wir müssen ihn aufhalten, bevor er jemand anderem das Gleiche antut!" Ich war jetzt so voller Adrenalin, dass ich gleich losgestürmt wäre, wenn Dr. Miller mich nicht festgehalten hätte.

„Moment, Moment! Wir machen hier gar nichts und wir verfolgen auch keine unschuldigen Männer. Sah er denn wirklich wie Ben aus?"

„Ja! Na ja ... nein ... nicht direkt. Er hatte dunkle, fast schwarze Haare und war auch nicht so muskulös, aber von der Seite, bin ich mir sicher, dass er es war!" Ich kratzte mich am Kopf und versuchte, das alles zu verarbeiten.

„Aha, also er sah rein optisch schon mal anders aus. Und Sie haben diese Person nur im Profil gesehen. Da ähneln sich viele Menschen. Von vorne dann wieder nicht. Glauben Sie mir, das war nicht Ben. Der sitzt im Gefängnis seine gerechte Strafe ab. Und jetzt kommen Sie, lassen Sie uns zum Auto gehen. Ich denke, wir haben ein hübsches Kleid für das Barbecue am Samstag." Dr. Miller hakte sich wieder bei mir unter und zog mich mit sich. Plötzlich war ich mir doch nicht mehr so sicher, ob er es wirklich gewesen war. Sie hatte Recht, er saß in Chicago im Gefängnis und hatte keine Chance, früher entlassen zu werden. Aber dieser Typ sah ihm zum Verwechseln ähnlich. Haare konnte man färben und wenn man nicht mehr regelmäßig oder nicht mehr so viel wie vorher trainierte, schwanden die Muskeln auch.

Das war nicht Ben! Jetzt dreh hier nicht durch, wir haben so hart gearbeitet. Du wirst das alles nicht wegwerfen, nur weil du dir etwas einbildest! Hast du mich verstanden? Ich weigere mich, wieder zu Hause zu sitzen!

Betty schob ihre Sonnenbrille zur Nasenspitze und fixierte mich über den Rand hinweg. Der Zeigefinger war drohend aufgerichtet und ich befürchtete schon, dass sie mir eine innere Ohrfeige geben würde, was sie aber zum Glück nicht tat.

Rational wusste ich, dass es nicht Ben sein konnte, aber der Schreck saß tief.

Die Heimfahrt bekam ich nicht wirklich mit. Alles flog an mir vorüber und schon standen wir wieder vor unserer Wohnanlage.

„Hier, diese Tabletten haben Sie bitte immer dabei, wenn Sie vor die Tür gehen. Und Sie werden vor die Tür gehen! Sollte es zu einer erneuten Panikattacke kommen, nehmen Sie eine davon, dann geht es Ihnen gleich besser. Ansonsten haben Sie alles mit Bravur gemeistert. Ich bin begeistert. Allerdings sollten Sie doch noch mal zu mir kommen. Vielleicht zwei oder drei Sitzungen, nachdem Sie wiederholt ausgegangen sind. Sollten Sie zwischenzeitlich Redebedarf haben, können Sie mich jederzeit anrufen." Dr. Miller lächelte mir aufrichtig zu und gab mir die Tablettendose.

„Vielen Dank. Ohne Sie hätte ich es nicht bis hierher geschafft." Vor Erleichterung und ein kleines bisschen wegen des Abschieds standen mir Tränen in den Augen. Dr. Miller umarmte mich noch, bevor ich aus dem Auto stieg und meine Taschen nahm.

„Sie werden Ihren Weg gehen, Regina. Ganz bestimmt."

Sie setzte sich die Sonnenbrille auf und gab Gas.

Ich stand mit meinen Taschen in der Hand da und blickte ihr nach. Es fühlte sich wie ein Neuanfang an. Dann drehte ich mich um und ging durch das Tor. Im Innenhof stieß ich auf Juanita, die wieder unter ihrem Stammbaum saß.

„Hallo, Juanita, wie geht es dir heute?

„Hallo, Regina. Danke der Nachfrage, es geht mir so gut, wie es einem bei diesem tollen Wetter gehen kann." Sie zwinkerte mir zu und sah dann meine Taschen in der Hand.

„Warst du etwa shoppen?", fragte sie ungläubig.

„Ja, das war der letzte Test von Dr. Miller und ich habe ihn fast bestanden. Meine Therapie ist eigentlich vorbei, und ich kann mehr oder weniger wieder am Leben teilnehmen. Zwei oder drei Therapiestunden brauche ich trotzdem noch. Sollte keine weitere Panikattacke bekommen, habe ich es überstanden." Juanita stand auf und drückte mich herzlich an sich.

„Das ist ja toll, Regina! Ich freue mich so für dich. Du wirst sehen, schon bald ist in deinem Leben wieder ein neuer Mann und es wird euch gut gehen und an nichts fehlen." Juanita prophezeite jedem eine glückliche Zukunft. Das war typisch für sie.

Kapitel 9

Als ich mich Samstag für das Barbecue fertig machte, das um 16:00 Uhr losgehen sollte, war ich so nervös, als hätte ich ein Date.

Henry und Shauna warteten nur noch auf mich. Shauna war bereits wieder genervt, weil sie beide auf mich warten mussten. Aber sie war immer genervt, wenn es um mich ging, denn sie konnte mich nicht sonderlich gut leiden. Verübeln konnte ich es ihr nicht. Immerhin waren mir schon ein paar Fauxpas passiert, seit sie mit Henry zusammen war.

Als ich endlich fertig war und aus dem Bad kam, saß sie auf dem Sofa, die Beine übereinandergeschlagen und fixierte ihre Fingernägel.

„Na endlich!", hörte ich sie murmeln.

„Ich bin so weit", flötete ich fröhlich und ließ mich von ihrer miesen Laune nicht anstecken.

„Wow, Regina, das Kleid steht dir fantastisch! Findest du nicht auch, Shauna?" Henry lachte mich an und drehte sich dann zu ihr um.

„Was auch immer." Kam ihre patzige Antwort. „Können wir jetzt endlich fahren?"

Gut, dass mir Shaunas Meinung so egal war wie nur irgendwas. Wir würden keine besten Freundinnen werden, auch wenn Henry sich das vorgestellt hatte oder wünschte. Der Zug war abgefahren.

Sie war eifersüchtig auf mich und wollte mich endlich loswerden. Sie sah mich in Gedanken schon ausziehen, dann hätte sie Henry endlich für sich alleine und ich würde ihnen nicht mehr im Wege sein. Allerdings würde das noch dauern und ich musste wohl oder übel mit ihr auskommen. Also machte ich gute Miene zum bösen Spiel.

Wir brauchten nicht lange zu Logan, er wohnte ja wirklich fast in der Nachbarschaft. Ich dachte immer, er würde übertreiben, aber jetzt konnte ich mich selbst davon überzeugen, dass es mit dem Auto keine zehn Minuten dauerte.

Vor Logans Haus angekommen, wurde mir plötzlich kotzübel. Ich spürte Nervosität aufsteigen. Schnell. Zu schnell. Ich schnappte nach Luft und merkte, wie ich immer bleicher wurde.

Shauna drehte sich zu mir um und beäugte mich kritisch. Schließlich griff sie nach meiner Handtasche und kramte darin herum, bis sie das Pillendöschen fand, das Dr. Miller mir gegeben hatte.

„Hier. Ich denke davon brauchst du jetzt eine." Sie gab mir die Tablette und ich schluckte sie einfach trocken hinunter.

Nach ein paar Minuten wurde es wieder besser.

„Danke, Shauna. Genau die hab ich jetzt gebraucht. Vielleicht bin ich noch nicht soweit. Henry, könntest du mich nach Hause bringen? Dann könnt ihr zwei in Ruhe die Party genießen."

„Was für eine hervorragende Idee! Los, Henry, dreh um. Es ist ja nicht weit und wir können unseren Spaß haben." Sie war natürlich überaus begeistert von meiner Idee, doch Henry machte ihr einen Strich durch die Rechnung.

„Ich werde dich ganz sicher nicht nach Hause bringen! Am Anfang noch etwas Angst zu haben, ist völlig normal. Außerdem hat mir Dr. Miller aufgetragen, dich überall hin mitzunehmen. Gut, dass ich Shauna von den Tabletten erzählt hatte. Das war super von dir, Babe!" Henry legte seine Hand auf ihren Oberschenkel und sie strahlte ihn glückselig an.

„Das war doch selbstverständlich. Ich werde auch auf der Party ein Auge auf unsere liebe Regina werfen, sollte sie noch mal eine Tablette benötigen." Sie säuselte es so zuckersüß in seine Richtung, dass mir erneut schlecht wurde, aber diesmal auf eine andere Art und Weise.

Als wir vor Logans Haustür standen, wurde ich wieder nervös. Ich klammerte mich fest an Henrys Arm, sehr zum Leidwesen von Shauna.

Henry klingelte und mein Herz schlug schneller, ja es rutschte mir fast in die Hose.

„Da seid ihr ja endlich! Hallo, Henry, Shauna! Regina, wow, du siehst großartig aus!" Logan klatschte Henry ab und umarmte uns Frauen, wobei sein Blick anerkennend über mein Kleid strich.

Ich war noch leicht erstarrt, weil Logan nur Badeshorts trug und weiter nichts. Mein Blick wanderte unwillkürlich über seine gut geformte Brust, die wohl proportionierten Arme und den Rest seines Körpers.

Betty glotzte Logan geradezu an. Sie biss sich auf die Lippen und wurde ganz wuschig. Sie schmiss sich ebenfalls ihn ihren Bikini, um ihre Reize besser zur Geltung zu bringen, und klimperte mit den Wimpern.

Bevor Logan sich umdrehte und uns hereinbat, erspähte ich auf seiner linken Brust ein Tattoo. Es war ein Unendlichkeitszeichen, dessen eine Seite aus zwei Buchstaben bestand, in der Mitte prangte eine Pistole und auf der anderen Seite stand eine Jahreszahl, die ich auf die Schnelle nicht erkennen konnte. Ich nahm mir vor, ihn in einer ruhigen Minute danach zu fragen, schließlich sah ich ihn heute zum ersten Mal oben ohne und auch das Tattoo kam bisher nicht zu Sprache. Dabei dachte ich immer, ich würde Logan ziemlich gut kennen.

Diese Einsicht brachte mich innerlich schon wieder ins strauchein. Was genau wusste ich denn über Logan?

Jetzt hör aber mal auf! Du bist ja schon wieder völlig am Durchdrehen! Logan ist komplett anders als Ben, also hör auf, die beiden zu vergleichen! Logan ist witzig, charmant, stark und außerdem ist er ein Cop. Ja, mittlerweile ein Agent. Und er sieht verdammt heiß aus. Hast du seine tolle Brust gesehen und die Muskeln? Den - flachen Bauch ...

Betty träumte vor sich hin und ein bisschen Sabber ran an ihrem Mundwinkel hinab.

Schön, ich musste wirklich aufhören, alle Männer mit Ben zu vergleichen. Der Punkt ging an sie.

Zu weiteren Grübeleien kam ich nicht mehr, denn jetzt waren wir bereits durch das Haus in den Garten gekommen und dort blieb mir, im wahrsten Sinne des Wortes, die Spucke weg.

Ein riesiger Pool mit Terrasse brannte sich in meine Augen. Rechts stand ein gigantischer Grill mit einer Schar Männer drum herum. Ich hörte Gekicher und rege Unterhaltungen und war einfach nur überwältigt.

„Logan, du hast uns ja nie gesagt, was für ein tolles Haus du hier hast! Sogar mit Pool, einem gewaltigen Pool. Schäm dich, das hättest du ruhig mal erwähnen können." Ich setzte eine beleidigte Miene auf und verschränkte die Arme. Henry und Shauna warfen sich bereits in das Getümmel, wobei sie sogar einen Bikini auspackte.

„Ja, vielleicht hätte ich das. Aber hätte es etwas genutzt? Wohl kaum." Er kam näher zu mir, sah mir in die Augen und strich sich über den Kopf.

„Wie meinst du das, es hätte nichts genutzt?"

„Du wärst deswegen auch nicht eher aus eurer Wohnung gegangen. Oder willst du mir ernsthaft erzählen, dass du mich dann besucht hättest?" Jetzt grinste er frech und nahm mich bei der Hand.

„Hm, nein. Vermutlich nicht, das stimmt." Ich kratzte mich verlegen an der Stirn.

„Sag ich doch, und da ich nicht wollte, dass Henry und Shauna ohne dich vorbeikommen, habe ich es gar nicht erst erzählt. Und jetzt auf zur Party und lass uns feiern. Ich stell dir ein paar meiner Kollegen vor sowie ihre Freundinnen oder Frauen. Du wirst sehen, bald hast du Spaß und alles andere vergessen. Hier kann dir keiner etwas tun, hier sind eindeutig zu viele Polizisten." Er nahm kurz mein Kinn zwischen Daumen und Zeigefinger, schenkte mir ein Lächeln, das zum Niederknien war und zog mich dann weiter hinter sich her.

Shauna beäugte mich von weitem mit einem kalten Blick. Selbst hier, unter den vielen Leuten und in einem Garten mit Pool, ging ich ihr auf die Nerven. Ich konnte es sehen und spüren.

Logan steuerte auf die Gruppe Männer am Grill zu.

Da ich mich seit Bens Verhaftung immer weniger schminkte, bis ich nur noch Wimperntusche und Lipgloss verwendete, und auch meine Haare hellblond gefärbt hatte, wurde ich wieder zappelig. Ich wollte zwar eine Veränderung an mir herbeiführen, aber seit meiner Teenagerzeit hatte mich keiner mehr so gesehen, von Logan, Shauna und Dr. Miller mal abgesehen. Ich hatte Angst vor der Reaktion und dass man mich wieder als *niedlich* bezeichnen könnte.

Du machst dir schon wieder zu viele Gedanken. Könntest du bitte einfach mal damit aufhören und das Leben endlich mal wieder genießen? Keiner hier wird sich an deinen Sommersprossen stören, also hör endlich mit dieser Selbstkritik auf und lass los!

Mittlerweile ging ich nicht nur Betty auf die Nerven mit meinen ständigen Selbstzweifeln, sondern sogar mir selbst. Ich streckte also die Brust raus, zog die Schultern zurück und ging erhobenen Hauptes mit ihm zu den Männern, nur um mich vor ihnen doch wieder hinter Logan zu verstecken.

„Jungs, darf ich euch die wunderbare Regina vorstellen? Sie ist ... eine alte Freundin und sehr schüchtern. Seid also bitte nett zu ihr."

Ich wurde rot bei seinen Worten. Seine *Jungs* kamen kurz zu mir, begrüßten mich freundlich und gingen dann wieder zurück zu ihrem Männerspielzeug – dem Grill.

„Solltest du Hunger haben und etwas vom Barbecue wollen, dann wende dich an Mike. Er ist ein super Grillmeister und macht dir jedes Fleisch auf den Punkt genau. Oder falls du lieber einen Hotdog möchtest. Auch kein Problem."

Logan zerrte mich weiter, diesmal Richtung Pool zu den Frauen.

„Ladies, Ladies, Ladies. Ihr seht alle fantastisch aus und an meinem Pool kommt ihr richtig gut zur Geltung. Ihr solltet öfter vorbeikommen." Logan war so locker und lässig drauf, wie ich ihn selten gesehen hatte. Er flirtete kurz mit den Damen und stellte mich dann vor.

Hier war es etwas anders als bei den Männern. Ich wurde natürlich trotzdem freundlich und offen begrüßt, aber auch gleichzeitig von oben bis unten begutachtet.

Logan gab mir einen kleinen Kuss auf die Wange und ging, da inzwischen die Türglocke wieder läutete. Ich fasste mit der Hand zu meiner Wange und konnte mir ein Lächeln nicht verkneifen.

Dann kam eine rassige Latina mit braunen, gelockten fast hüftlangen Haaren näher zu mir. Sie ging einmal um mich herum und schaute mich ganz offen an.

„Hola, Chica. Ich bin Gabriella. Und du, du hast das perfekte Sommerkleid an. Ich liebe es! Es passt super zu deinen Haaren und deiner Figur. Es wundert mich, dass Logan so eine Schönheit so lange vor uns versteckt gehalten hat."

„Wieso versteckt? Was meinst du damit?" Ich ging einen kleinen Schritt rückwärts, um etwas Abstand zwischen uns zu bringen.

„Logan hat bisher noch keine Frau jedem extra vorgestellt. Du bist die Erste, Chica. Das heißt, dass du ihm wohl sehr viel bedeutest, und seinem Blick nach zu urteilen, sogar mehr als das." Sie prostete mir mit ihrem Margherita-Glas zu und fing an zu grinsen.

„Ich tue was? Nein. Nein, da täuscht du dich. Logan und ich sind nur Freunde. Ich bin nur die letzte Zeit nicht vor die Tür gegangen, daher konnte er mich keinem vorstellen", versuchte ich mich rauszureden.

„Oh, no, no, no, Chica, deine Augen und deine Wangen verraten dich. Du stehst auf ihn, er weiß es nur noch nicht. Umgekehrt ist es das Gleiche!" Sie kam wieder auf mich zu und strich mir die Haare über die Schulter.

„Du findest keinen Besseren, Chica. Glaub mir." Dann ging sie Richtung Grill und fing an zu Brüllen: „Carlos! Wo bleibt mein Burger, verdammt noch mal?"

Oh, das war nicht sehr damenhaft. Da hatte der erste Eindruck wohl etwas getäuscht. Ich schaute ihr irritiert hinterher, während sich die anderen Frauen wieder ihren Gesprächen und den Margheritas widmeten.

Logan soll auf mich stehen? Hatte er also vielleicht das Knistern letztens zwischen uns auch gespürt? Ich beschloss, alles Weitere auf mich zukommen zu lassen, und ging zu Henry und Shauna, die sich beim Grill etwas zu essen geholt hatten. Inzwischen war auch ich hungrig und wollte mir einen Burger besorgen. Dort stand auch Logan und begutachtete alles.

„Oh nein! Der Salat ist alle. Mist!"

„Soll ich reingehen und etwas Salat schneiden, Logan?" Ich berührte ihn an der Schulter und lächelte ihn an.

„Würdest du das machen? Das wäre klasse. Ich hab hier gerade alle Hände voll zu tun und …"

„Kein Problem, bin schon weg."

„Du bist ein Schatz. Danke." Er gab mir wieder ein Küsschen auf die Wange, wobei mein Herz einen Sprung machte. Seit wann war er denn so vertraut? So viel Aufmerksamkeit hatte ich von ihm noch nie bekommen.

Ich ging beschwingt ins Haus und suchte die Küche. Es war mir ganz recht, dem Trubel draußen für kurze Zeit zu entkommen. Klar, war es toll, wieder unter Leuten zu sein, aber für den Anfang reichte es auch schon wieder. Natürlich wäre ich gern nach Hause gefahren, doch das konnte ich Henry und Shauna nicht antun, zumal sie dann wieder einen Grund mehr hätte, mich zu hassen. Ich ließ mir etwas Zeit in der Küche und hing meinen Gedanken nach, als Logan hereinkam und nach dem Salat fragte. Ich erschrak und schnitt mir dabei in den Zeigefinger.

„Autsch!" Plötzlich hatte ich ein Déjà-vu. Diese Situation kannte ich doch irgendwoher. Und dann konnte ich mich wieder an meinen Traum erinnern und mir wurde ganz heiß. Mein Herz pochte wild und ich wagte es nicht, ihn anzusehen.

„Oh, entschuldige. Ich wollte dich nicht erschrecken. Zeig mal her. Tut es sehr weh? Das haben wir gleich, ich verarzte dich. Moment." Er holte den Verbandskasten und säuberte meinen Schnitt, dabei hielt ich die Luft an und beobachtete ihn.

„So, jetzt noch das Pflaster und dann ist alles gut. Übermorgen wirst du schon nichts mehr spüren."

Er schaute auf und lächelte mich an. Unsere Blicke trafen sich und das Knistern zwischen uns nahm zu.

In Logans Augen schien sich etwas zu verändern, ebenso wie sein Gesichtsausdruck, dass ich nicht gleich deuten konnte. Mein Kopf war leer, ich bewegte mich nicht und an atmen war gleich überhaupt nicht zu denken.

Logans Kopf kam immer näher und dann fixierte er meinen Mund mit seinem Blick. Seine Hand strich über meine und weiter über meinen Arm.

„Ich hoffe, du kannst mir verzeihen, aber es scheint der perfekte Moment dafür zu sein."

Ich konnte nicht auf seine Worte reagieren, stattdessen spürte ich seine Lippen auf meinen und riss die Augen vor Überraschung auf.

An bewegen war immer noch nicht zu denken, allerdings fühlten sich meine Knie so an, als würden sie zu Wackelpudding werden.

„Hola, ihr Süßen! Störe ich vielleicht?"

Logan und ich fuhren auseinander. In der Tür stand Gabriella und zwinkerte uns wissend zu.

„Ich wollte nur sehen, wo der Salat bleibt." Sie nickte in Richtung der vollen Schüssel.

„Ja, ähm, entschuldige. Ich hatte mich geschnitten und Logan …", ich schluckte hart und fuhr fort, „er hat mich verarztet."

„Verarztet?" Gabriella lachte laut auf. „Wenn das so ist, muss ich mich wohl auch verletzen." Sie nahm die Schüssel und fuhr mit einem Finger an Logans Kinn hoch. Dann drehte sie sich um und ging lachend wieder nach draußen.

„Äh, entschuldige. So war das nicht geplant. Denn jetzt geht es schneller als ein Waldbrand durch die Runde. Gabriella ist ein Klatschweib von der übelsten Sorte." Logan legte eine Hand an meine Wange und ich erwachte endlich wieder aus meiner Starre.

„Aber du. Ich. Warum jetzt?" Mein Stottern war mir peinlich.

„Ich beobachte dich schon eine ganze Weile."

Meine Augen weiteten sich wieder.

„Nein, nein. Nicht so! Ich hab mich falsch ausgedrückt." Logan hob abwehrend die Hände.

„Ich meine, ich habe Henry schon eine ganze Weile damit gelöchert, wie ich es anstellen könnte, um ein Date mit dir zu bekommen. Er meinte, so lange du keinen Tritt von Dr. Miller bekommst, würdest du die Wohnung nicht verlassen. Das wäre mir ja auch egal gewesen, wir hätten auch ein Date bei euch zu Hause veranstalten können. Aber Shauna meinte, das wäre dann kein richtiges Date, weil ich ja so oft zu Besuch bei euch bin."

„Moment, Shauna sagte das? Dann ist mir alles klar. Sie kann mich nicht leiden, musst du wissen."

„Ich hab mich nicht getraut. Ich weiß ja, was du durchgemacht hast, und wie hätte ich dich nach alledem um eine Verabredung bitten sollen?"

„Vielleicht musst du gar nicht mehr fragen. Lass Taten sprechen." Ich blickte zu ihm hoch und spürte innerlich einen kleinen Ruck, als hätte mich jemand angerempelt.

Ich stolperte ein klitzekleines bisschen nach vorne. Das reichte aus, damit Logan mich in den Arm nahm und ein weiteres Mal küsste. Diesmal mit voller Inbrunst. Seine Lippen fühlten sich warm und fest auf meinen an. Sein Atem roch ein wenig nach Bier, aber ich störte mich nicht weiter daran. Er legte seine Hand in meinen Nacken und die andere an mein Kinn und hob es etwas höher, sodass er besser an meine Lippen kam.

Meine Knie wurden weich und ich musste mich an ihm festhalten, an seinen starken, muskulösen Armen. Ich spürte, wie er den Bizeps anspannte, und dann öffnete er leicht seine Lippen.

Ein Teil von mir – eindeutig Betty – wollte sich auf ihn stürzen und ihn kosten, jetzt sofort. Aber ein anderer, der die Kontrolle hatte, war vorsichtig. Ich löste mich leicht von Logan und sah ihm tief in die Augen. „Gib mir noch etwas Zeit, das alles ist jetzt neu für mich. Wieder unter Leute zu gehen und Berührungen zuzulassen. Ja, ich habe deinen Kuss genossen, und hoffe, dass da noch viele folgen. Aber fürs Erste, für hier und jetzt, ist es genug. Oder willst du, dass ich gleich noch eine Tablette nehmen muss?" Ich knuffte ihn spielerisch in den Bauch und kicherte verlegen.

„Tabletten? Was für Tabletten? Ich wollte dich nicht bedrängen. Oh Gott, was hab ich nur getan? Du bist noch nicht so weit. Ist ja auch erst der zweite Ausflug. Hast du ja wieder toll gemacht, Logan!" Er klatschte sich die flache Hand gegen die Stirn und drehte sich um. Es sah so komisch aus, dass ich loslachen musste.

„Nein, es ist okay. Wirklich. Ich brauche wahrscheinlich nur etwas länger als andere Frauen. Und die Tabletten hat mir Dr. Miller gegeben, sollte sich eine Panikattacke anbahnen."

„Eine Panikattacke? Ich löse Panikattacken bei dir aus? Oh Mann, das ist mir auch noch nicht passiert." Logan nahm beide Hände in einer Geste der Verzweiflung, oder auch der Überraschung, seitlich an den Kopf und fuhr sich durch die Haare.

„Nein, so hab ich das nicht gemeint. Ich meinte, wenn ich außer Haus gehe." Ich lachte auf, beruhigte ihn indem ich ihn umarmte.

Betty hielt sich schon eine Papiertüte vor den Mund, denn sie fing vor Schock an zu hyperventilieren.

Das hast du nicht gerade tatsächlich getan …? Du hast ihn nicht gerade von dir weggedrückt und wolltest aufhören ihn zu küssen, oder? Sag mal, bist du denn nicht noch bescheuerter?

Betty fing an zu flennen und warf sich wie ein kleines Kind auf den Boden. Sie strampelte und schrie und es schien, als wollte sie sich nicht beruhigen.

Ich ließ mich von der Aktion nicht beeindrucken. Ich musste mein eigenes Tempo finden, und das vorhin war einfach zu schnell. Ich hatte ja gerade erst zum zweiten Mal das Haus verlassen.

Logan atmete erleichtert auf und streichelte mir über die Haare.

„Das mache ich, Engelchen. Aber jetzt lass uns mal wieder nach draußen gehen, ich bin ziemlich sicher, es hat schon die Runde gemacht, dass wir uns geküsst haben, daher sollten wir meine Gäste nicht länger warten lassen und die Gerüchte bestätigen."

Er nahm mich wieder bei der Hand und wir gingen nach draußen. Dort wurden wir von tosendem Applaus empfangen und ich musste verlegen kichern.

Logan hauchte mir einen Kuss auf den Scheitel und ließ mich los. Ich ging rüber zu Henry und Shauna; alle anderen wandten sich wieder ihren Gesprächen zu.

Ich blickte über die Schulter zu Logan und meine Wangen fingen leicht an zu glühen. Hatte ich tatsächlich diesen tollen Mann gerade in seiner Küche geküsst? Ich fuhr mir mit dem Finger über die Lippen und beobachtete die anderen Männer dabei, wie sie ihm auf den Rücken klopften, lachten und mit ihm scherzten.

Langsam, aber sicher ging es mir immer besser und ich fühlte mich wohl in meiner Haut. Die Party ging bis spät abends und als wir endlich aufbrachen, nahm Logan mich noch einmal in den Arm und drückte mich fest an sich.

„Ich lass es ganz ruhig angehen. Das verspreche ich dir. Ich tue nichts, was du nicht möchtest." Er drückte mir einen kleinen Kuss auf die Wange, doch dieses Mal drehte ich meinen Kopf so schnell rum, dass er auf meinen Lippen landete. Wir lachten beide leise auf und ich sah ihm in die Augen.

„Heißt das, ich sehe dich ab jetzt öfter oben ohne? Also in deinen Badeshorts meine ich?" Neckisch grinste ich ihn von unten herauf an und war verblüfft über mich selbst, wie locker ich gerade in seiner Gegenwart war.

„Wenn du möchtest. Und irgendwann, hab ich sicher noch weniger an!" Sein Blick wurde intensiver und mir wurde ganz heiß. Meine Wangen färbten sich dunkelrot und ich senkte verlegen den Blick.

„Regi? Was dauert denn da so lange?"

„Shauna, bitte! Das war jetzt nicht gerade nett von dir!", ermahnte Henry sie.

„Ich muss dann jetzt mal. Bis bald!" Ich drehte mich um und schaute zu meinen beiden Begleitern, die bereits im Auto saßen und auf mich warteten.

„Klar, bis bald." Logan wuschelte mir noch mal durchs Haar und ließ mich gehen.

Kapitel 10

Sonntagnachmittag kam ein total verkaterter Logan bei uns vorbei.

„Logan, altes Haus. War eine super Party gestern. Echt, das könnten wir öfters machen. Und dein Haus ist ja sowas von cool! Ich wusste gar nicht, dass du so viel verdienst, dass du dir das leisten kannst. Klasse, wirklich klasse." Henry begrüßte Logan überschwänglich. Kein Wunder, er hatte ja auch nicht so viel wie getrunken.

„Bitte, nicht so laut und nicht so begeistert. Das ist ja nicht auszuhalten."

„Oh, entschuldige", sagte Henry lachend, „möchtest du eine Kopfschmerztablette haben?"

„Nein, danke. Ich hab schon drei davon intus, aber sie wirken nicht sonderlich gut."

„Logan, hallo." Ich stand von der Couch auf und umarmte ihn kurz.

„Regi, hey. Wie geht es dir? Ich wollte mich noch für gestern bei dir entschuldigen, sollte ich etwas Dummes getan haben. Ich hab zu viel getrunken und war nicht mehr Herr meiner Sinne. Oh Gott, ich kann mich nicht mehr wirklich erinnern. Ich hab den vollen Black-out…"

Er ging zum Sofa, um sich hinzusetzen, während ich nur entgeistert dastand.

Jetzt sag doch oder tu etwas! Es kann doch nicht sein, dass er unseren Kuss vergessen hat. Den Moment in der Küche war er doch noch gar nicht so betrunken!

Betty war außer sich.

Aber stimmt es? Hatte Logan tatsächlich vergessen, dass wir uns geküsst hatten und auf dem besten Weg waren, ein Paar zu werden? Das konnte nicht sein! Das durfte nicht sein, da gab ich Betty Recht.

„Äh, nein. Du musst dich für nichts entschuldigen", stotterte ich nervös, als ich mich zu ihm auf die Couch setzte.

„Puh, da bin ich aber beruhigt. Ich dachte schon, ich hätte etwas total Dämliches getan."

„Wie mich zu küssen?" Ich wagte nicht, ihn anzusehen, aus Angst vor der Reaktion.

Jetzt schaltete sich allerdings Henry ein.

„Das soll dämlich gewesen sein? Mann, Regi! Er nervt mich schon seit Wochen, quatsch, seit Monaten damit, wie er dich um ein Date bitten soll, wo du doch die Wohnung nie verlässt. Dein Therapieende war endlich die richtige Gelegenheit für ihn, dir seine Gefühle zu gestehen oder zu zeigen." Henry lachte auf, Logan erstarrte und ich fing an zu strahlen.

„Alter! Das solltest du doch für dich behalten!", zischte Logan in Henrys Richtung.

„Schon gut, ist nicht weiter schlimm." Lachend fiel ich Logan um den Hals, dessen Gesichtsausdruck sofort milder wurde. Er gab mir wieder einen Kuss auf den Scheitel und ich quietschte vergnügt.

„So, so. Du wolltest mich also schon länger um ein Date bitten?", neckte ich Logan.

„Jetzt sag bloß, du hast die Spannung und das Knistern zwischen uns die letzten Wochen nicht mitbekommen."

Logan legte den Daumen unter mein Kinn und hob so mein Gesicht an, damit er mir in die Augen schauen konnte.

„Na ja, wie soll ich sagen?"

„Sie ist ein Spätzünder, ganz einfach."

„Henry, jetzt reicht es aber damit, Geheimnisse auszuplaudern! Schau, dass du rauskommst und lass uns hier alleine!" Gespielt schockiert und wütend streckte ich den Finger aus und zeigte auf die Tür.

Henry hob beschwichtigend und schelmisch grinsend die Hände und ging rückwärts hinaus. Ich hörte ihn noch immer glucksen, als er hinter sich die Tür seines Zimmers schloss.

„Du bist also ein Spätzünder, ja?" raunte Logan mir ins Ohr und prompt wurde ich rot im Gesicht.

„Und du bist schon länger heiß auf mich."

„Touché! Schlagfertig bist du, das muss ich dir lassen."

Er beute seinen Kopf herunter und mein Herz fing wieder schneller an zu schlagen. Ich schloss die Augen in Erwartung eines Kusses und wurde nicht enttäuscht.

Seine weichen Lippen legten sich vorsichtig auf meine. Sie waren warm und etwas feucht, wahrscheinlich fuhr er sich noch mal mit der Zunge darüber, bevor er mich küsste. Ich schmeckte etwas Pfefferminz mit einem Hauch Erdbeere, was einfach köstlich war. Ich wollte mehr davon und so öffnete sich mein Mund ein kleines Stückchen und fuhr mit meiner Zunge über seine Lippen.

Ich spürte, dass Logan etwas überrascht war, aber dann hatte ich links und rechts auf meinen Wangen seine großen warmen Hände, die mich an Ort und Stelle hielten und dann seine Zunge an meiner.

In meinem Bauch waren plötzlich hunderte Schmetterlinge und mein Herz raste förmlich. Ich legte meine Arme um seinen Hals und rutschte, soweit es ging, noch näher an ihn heran.

Nach einem langen, sanften Kuss lösten wir uns wieder voneinander und ich kniff mir kurz in den Arm. Natürlich dachte ich, Logan wäre das nicht aufgefallen, aber einem Agent entgeht nichts.

„Was war das denn gerade? Hast du dich gekniffen?"

„Ja, denn ich musste sicher sein, dass das diesmal kein Traum ist."

„Wenn Träume so gut schmecken, möchte ich nur noch träumen!"

Wir sahen uns in die Augen und ich erkannte Zärtlichkeit und Glück in seinen. Mir ging das Herz auf und so kuschelte ich mich in seinen Arm, machte den Fernseher leise an und wartete, bis Logan wieder etwas sagen würde. Der jedoch schlief irgendwann ein. Wahrscheinlich wirkten die Kopfschmerztabletten endlich, und so ließ ich ihn schlafen. Eigentlich musterte ich ihn. Ich wollte ihn noch besser kennenlernen. Ich bemerkte den klitzekleinen Knick in seiner Nase, der sonst nicht wirklich auffiel, seine vollen Augenbrauen, die langen Wimpern und seine weichen Lippen.

Betty lag auf ihrem Bett, kuschelte sich an ein Ebenbild von Logan und strich glücklich über dessen Brust und Bauch.

Apropos Brust, da fiel mir sein Tattoo wieder ein. Heute hatte er ja wieder ein T-Shirt an, aber ich versuchte trotzdem, den Rand soweit wegzuziehen, um einen Blick darauf werfen zu können. Doch dieses dumme Shirt saß so eng an Logans gut gebautem Körper, dass ich ihn durch mein Gefummel aufweckte.

„Honey, was machst du da? Willst du noch mehr vom guten alten Logan? Ich glaube aber, es wäre besser damit zu warten, bis du wirklich soweit bist."

„Was? Nein. So war das nicht … Ich wollte nur dein Tattoo noch mal sehen." Beschämt rutschte ich etwas von ihm ab.

„Mein Tattoo? Das auf meiner Brust?" Er fasste unwillkürlich zu seiner linken Seite.

„Hast du denn noch mehr?" Ich beäugte ihn schief und musste grinsen.

„Hast du denn gestern noch eines gesehen?" verschmitzt schaute er mich an.

„Nein, ich habe keine weiteren. Bin aber am Überlegen, ob mein Rücken nicht eines vertragen könnte." Er tat so, als wollte er auf seinen Rücken schauen, und zog sich dann urplötzlich sein Shirt über den Kopf.

„Hier bitte. Jetzt kannst du es noch einmal genauer anschauen."

Ich lief rot an.

„So war das jetzt aber auch nicht gemeint."

„Ich habe keine Geheimnisse vor dir, und wenn du es gerne sehen möchtest, bitte, das macht mir nichts aus."

Ich rutschte wieder etwas näher zu ihm und fuhr mit dem Finger die feinen Linien nach die über Logans linker Brust verliefen.

„T.J. 30.06.1997", las ich laut. „Und was hat es damit auf sich? Es scheint ja ein wichtiges Datum für dich zu sein, sonst würde es dort nicht stehen. Und was bedeuten diese Initialen? Oh Gott! Das sind doch nicht etwa Initialen von einer Ex?" Kaum ausgesprochen, schlug ich mir die Hand vor den Mund. So direkt wollte ich überhaupt nicht sein, aber mein Mund war schneller als mein Gehirn.

„Ha, ha, ha. Nein, die sind nicht von meiner Ex." Logan fuhr ich selbst über das Tattoo und wurde mit einem Mal sehr ernst.

„Es sind die Initialen meines verstorbenen Bruders. Er war der Grund, warum ich zur Polizei ging."

„Oh nein, wie schrecklich! Das tut mir sehr Leid für dich. Ich kann spüren, dass da mehr dahintersteckt. Erzähl mir, was genau es damit auf sich hat. Oder bin ich zu neugierig? Das möchte ich nicht. Um Gottes Willen, ich rede mich schon wieder um Kopf und Kragen"

Ich versteckte mein nun brennendes Gesicht in meinen Händen. Klar wollte ich die Geschichte hören, ich war nun mal ein neugieriger Mensch, aber ich wollte nicht, dass Logan sich zu etwas genötigt fühlte.

„Weil du es bist, Honey. Es ist ja bereits fast zwanzig Jahre her. Ich war neun und Tobias fünf Jahre alt. Ich nahm ihn mit in einen kleinen Laden, weil ich mir ein paar Süßigkeiten und Chips kaufen wollte, doch wir waren zur falschen Zeit am falschen Ort. Auf dem Weg zur Kasse, kam ein maskierter Mann herein und überfiel den Laden. Vermutlich war es ein Junkie, denn er war extrem nervös und fuchtelte ständig mit seiner Knarre rum. Er sagte, wenn wir uns ruhig verhielten, dann würde keinem etwas geschehen. Der Kassierer kooperierte und gab ihm das Geld aus der Kasse. Doch dann fing Tobias an zu weinen. Der Räuber drehte durch und brüllte ihn an, er solle still sein. Da weinte und schrie mein Bruder nur noch lauter. Ich konnte ihn nicht beruhigen und der Junkie verlor die Nerven. Es löste sich ein Schuss aus der Waffe und traf Tobias genau ins Herz. Er starb in meinen Armen."

Logan machte eine Pause und sah zu Boden. Ich hatte unbewusst die Luft angehalten und versuchte jetzt, möglichst unauffällig weiter zu atmen, was gar nicht so leicht war. Als er mich wieder ansah, bemerkte ich den Schmerz in seinen Augen, aber auch Entschlossenheit.

„Der Junkie konnte flüchten. Man hat ihn nie erwischt. Tobias starb wegen gerade mal 100 Dollar. Das muss man sich mal vorstellen", fuhr er fort und schüttelte dabei den Kopf. „Auf der Beerdigung versprach ich ihm still, das nicht auf mir sitzen zu lassen und zur Polizei zu gehen. Ich wollte alle Straftäter dafür büßen lassen, dass ich damals meinem kleinen Bruder nicht helfen konnte."

„Tja, und hier bin ich. Zum Agent befördert. Siehst du das Tobias, ich hab Wort gehalten und sogar noch mehr!" Er schaute wieder zu seinem Tattoo und erklärte weiter: „Die Initialen stehen für Tobias James, seinen Name. Das Datum ist der Tag seines Todes und die Pistole in der Mitte der Grund, warum er starb. Das Ganze in einer Unendlichkeitsschleife, da ich diesen Vorfall und natürlich auch meinen kleinen Bruder nie im Leben vergessen werde. Jetzt weißt du es. Hast du noch weitere Fragen?" Jetzt sah mich Logan wieder sanftmütig an und streichelte mir über die Haare.

„Nein. Zumindest keine, die mir gerade einfallen würden. Oh Gott, das ist ja eine schreckliche Geschichte gewesen. Du musst damals ja völlig fertig gewesen sein. Das Schicksal kann so grausam sein." Ich lehnte mich an Logans Seite.

„Halb so wild, Honey. Es ist lange her. Im Laufe der Jahre habe ich gelernt, mit dem Schmerz zu leben. Was hältst du davon, wenn wir jetzt etwas unternehmen, etwas frische Luft schnappen?"

„Unternehmen? Du meinst draußen? Ich muss mich erst noch von gestern erholen. Ich kann nicht schon wieder vor die Tür gehen, das wäre noch zu viel für mich. Tut mir leid."

„Oh. Okay, nein schon gut, dann schauen wir einfach einen Film an. Soll ich uns Pizza bestellen?"

„NEIN!", schrie ich eine Oktave zu hoch.

„Nein, danke. Ich liebe zwar Pizza, aber in dieser Situation wäre es unangebracht. Es würde mich nur an alte Zeiten erinnern."

„Was? Oh, ich verstehe, entschuldige. Das wusste ich nicht. Ist aber gleich notiert! Keine Pizza zum Fernsehen." Logan tat so, als würde er es in der Luft auf ein Blatt Papier schreiben. „Aber das ist Vergangenheit, Honey. Lass es hinter dir! Er kommt nicht wieder. Du bist bei mir in Sicherheit. Wo könntest du sicherer sein, als an der Seite eines Gesetzeshüters?" Er zwinkerte mir zu.

„Als an der Seite eines Agent, bitteschön! Wenn schon, denn schon!" Ich knuffte ihn in die Seite, holte aber trotzdem die Speisekarte vom Chinesen um die Ecke raus. Ja, er hatte Recht. Wo wäre ich besser aufgehoben, als an der Seite eines Polizisten, der eine Waffe besaß und auch wusste, wie man sie benutzte?

Betty tat so, als wären ihre Hände eine Waffe und feuerte einen Schuss ab. Als nächstes kam das obligatorische Wegpusten des Rauches.

Der Abend verging ohne weitere Zwischenfälle und wir amüsierten uns köstlich. Doch wie sollte es auch anders sein, irgendwann kam der Zeitpunkt des Abschiedes und ich begleitete ihn zur Tür. Dort kam er wieder ganz nah an mich heran, nahm mich in den Arm und fixierte meine Lippen.

„Und du hast wirklich nicht gemerkt, dass ich schon länger auf dich stehe? Ich meine, ich hab mich angestellt wie der letzte Trottel."

„Keine Sekunde, nein. Ich war wohl etwas blind. Ich hoffe, dass ist nicht weiter schlimm, denn jetzt weiß ich es ja." Ihm zuzwinkernd, legte meine Arme um seinen Hals.

„Nein, ist es nicht. Hauptsache, ich kann das hier jetzt so oft und lange machen, wie ich will."

Er neigte sich zu mir herunter und legte seine weichen Lippen sanft auf meine. Ich öffnete leicht den Mund und unsere Zungen verschmolzen miteinander. Es war fantastisch und ich genoss es in vollen Zügen, bis uns Henry und Shauna etwas rüpelhaft störten.

Shauna räusperte sich laut.

„Ähm, Entschuldigung, aber ich müsste jetzt raus. Ich muss morgen früh aufstehen und kann nicht warten, bis ihr zwei hier fertig seid."

„Also Shauna, wirklich! Was ist denn nur los mit dir in letzter Zeit?"

„Nur in letzter Zeit?", nuschelte ich an Logans Lippen genervt. Ich wollte ihn nicht loslassen und schon gar nicht seinen Mund verlassen. Aber Shauna quetschte sich rücksichtslos an uns vorbei und ging.

„Es ist ja auch schon spät. Dann wünsch ich dir noch eine gute Nacht, Honey. Und Euch natürlich auch!" Er schaute zuerst zu Henry und dann zu Shauna, die auf ihre Uhr blickte, um sich zu vergewissern, dass es wirklich so spät war.

„Alles klar, Logan. Komm gut heim und gute Nacht. Shauna, Schatz, warte auf mich, ich komme noch mit bis zum Tor." Henry rauschte an uns vorbei zu seiner Freundin. Mann, er war so ein Pantoffelheld. Es war nicht zum Aushalten. Aber so lange er glücklich war, war ich das auch.

„Wenn es denn sein muss, dann eben gute Nacht. Fahr vorsichtig nach Hause. Schlaf gut und träum was Schönes. Viel Spaß in der Arbeit morgen." Ich nestelte fast schon etwas beleidigt an seinem Shirt herum, aber es war wirklich schon spät und ich war hundemüde, auch wenn ich es nicht zugeben wollte.

Logan drückte mich noch mal kurz und gab mir einen Kuss auf den Scheitel und auf die Wange und dann ging er. Ich stand weiter da und wartete so lange, bis ich ihn nicht mehr sehen konnte. Dafür kam Henry zurück, also ließ ich die Tür offen und ging ins Wohnzimmer, um das Geschirr aufzuräumen. Danach machte ich mich fertig fürs Bett.

Weil mein Handy piepste, kam ich jedoch nicht weit. Ich hatte eine Nachricht erhalten.

> 📫 Hey Honey, ich wollte dir nur kurz Bescheid geben, dass ich jetzt im Auto sitze und gleich nach Hause fahre. ☺

Oh Gott, war Logan nicht süß? Ich musste kichern. So hätte ich ihn wirklich nicht eingeschätzt. Schnell tippte ich eine Antwort, bevor er losfuhr.

> 📫 Du bist süß! Fahr vorsichtig. Schlaf gut.

> 📫 Ich bin immer vorsichtig! Schlaf du auch gut. ☺

Ich drückte das Handy an mich, lächelte glücklich und machte mich an den Rest.

Als ich im Bett lag, ließ ich den Tag noch mal Revue passieren und freute mich, dass mich meine Gefühle in Bezug auf Logan nicht getäuscht hatten. Zufrieden seufzend schlief ich ein.

Kapitel 11

Ben

Meine Angelegenheiten mit Ramon waren zum Glück geklärt und ich konnte mich wieder Aurelie widmen.
Mein anfänglicher Groll auf sie war längst verschwunden. Jetzt kam Phase zwei. Ich vermisste sie unendlich. Es verging keine Stunde, in der ich nicht an sie dachte. Ich hatte ihr Bild in meinem Kopf, und immer wenn ich die Augen schloss, konnte ich sie sehen, in ihrem Tellerkleid in der *Fifties Area*. Dort hatte ich sie endgültig für mich gewonnen und doch später wieder verloren. Aber nicht für immer! Ich ballte meine Fäuste und schaute mich nach etwas um, auf das ich einschlagen konnte. Da es in meiner Zelle nicht wirklich viel gab, musste das Kopfkissen herhalten. Ich konnte nicht schon wieder auf die Krankenstation wegen offener Fingerknöchel, da ich sonst zu viel Aufmerksamkeit auf mich zog, und das ist im Gefängnis nie gut. Ramon beobachtete mich schon genug, und machte mir bei jeder Gelegenheit deutlich, dass er ein Auge auf mich hatte. Als hätte ich das nicht schon gewusst. Die Schutzgebühr galt nämlich nur für die anderen Insassen, aber nicht für Ramon selbst. Er konnte mit mir machen, was er wollte. Das musste ich schmerzlich erfahren, indem er mir eine gebrochene Rippe verpasste und mich so auf die Krankenstation beförderte. Das wollte ich möglichst nicht noch mal erleben. Sonst ließ er mich zwar in Ruhe, da ich es ja geschafft hatte, die Gebühr zu bezahlen, aber es war

eben ein Gefängnis, und da musste man immer auf der Hut sein.

Für das Geld hatte Pete ganz schön viele Gefallen auf sich nehmen müssen und ich musste mir noch überlegen, wie ich ihm dafür danken bzw. entlohnen konnte.

Da meine anfängliche Wut endlich vorüber war, breitete sich Trauer und Verzweiflung in mir aus. Darüber, dass meine Suche nach Aurelie bisher zu keinem oder zu einem nur ungenügenden Ergebnis gekommen war.

Ich konnte nichts dagegen tun, außer zu warten, doch ich hielt das nicht mehr aus. In jeder Sekunde, die ich atmete, dachte ich an sie. Wenn ich schlief, träumte ich von ihr, und manchmal bildete ich mir ein, ihren Duft riechen zu können. Das brachte mich um den Verstand. Doch ich konnte nur warten und hoffen, dass ich bald mehr Informationen bekam. Ich würde diese rankommen, kostete es, was es wollte. Und dann würde ich sie finden und nie wieder gehen lassen!

Am nächsten Morgen kamen die quälenden Gedanken an Aurelie auch schon wieder zurück. Wie sehr ich sie vermisste. Es tat so weh, dass ich nicht wusste, was schlimmer war. Der Schmerz der gebrochenen Rippe oder der Schmerz des Verlustes.

Ich würde sie finden. Das wusste ich. Davon war ich überzeugt, ich hatte schließlich Helfer. Und selbst wenn es nach meiner Entlassung noch Jahre dauern sollte, ich würde es schaffen, sie ausfindig zu machen. Dann gehörte sie mir. Mir ganz allein!

Kapitel 12

Regina

Die nächsten Wochen verbrachten Logan und ich noch viel Zeit zu Hause. Meist bei Henry und mir, sehr zum Leidwesen von Shauna, der es tierisch auf die Nerven ging, dass sie jetzt auch noch Logan die ganze Zeit aushalten musste. Sie mochte Logan zwar, aber nicht in Verbindung mit mir, denn wir benahmen uns wie Teenager und nicht wie Erwachsene. Unsere Beziehung hatte sich jetzt soweit gefestigt, dass wir zu einem richtigen Paar geworden waren.

Ich trainierte weiterhin mit ihm die Griffe der Selbstverteidigung, denn sie gaben mir wirklich Selbstvertrauen und Sicherheit.

Logan schaffte es auch, mich hin und wieder aus der Wohnung zu locken, zu einem leckeren Eis oder kurz in die Mall oder zu einem meiner liebsten Orten: dem Pier.

Weil er meine ganze Vorgeschichte kannte, nahm er stets Rücksicht auf mich und machte nichts, was ich nicht wollte. Selbst übernachtet hatte er noch nicht einmal bei mir. Egal, wie spät es war, er fuhr immer nach Hause. Ab und zu wartete er, bis ich eingeschlafen war, und fuhr dann erst. Als ich nachts aufwachte und alleine war, überkam mich die Traurigkeit.

Er tat mir so unendlich gut, was auch Henry bemerkte.

„Na, Schönheit, wie geht es dir heute? Wann kommt Logan vorbei? Ich muss ihm unbedingt von dieser neuen App erzählen."

„Hey, du. Er kommt am frühen Nachmittag. Wir wollen heute tatsächlich ins Kino. Ich bin schon total aufgeregt."

„Aufgeregt? Jetzt schon? Du bist doch gerade erst aufgestanden."

„Und was ist mit dir? Kaum bin ich wach, schon fragst du nach meinem Freund", ich stupste ihn an und musste lachen. „Man könnte fast meinen, dass ihr beide zusammen seid."

„Ich versteh mich eben sehr gut mit ihm; immerhin haben wir den gleichen Humor."

„Das stimmt allerdings, ihr lacht über die gleichen dämlichen Witze."

Henry tat so, als würde er schmollen, und ging wieder in sein Zimmer, um aufzuräumen, bevor Shauna auftauchte. Ich hingegen wollte Logan überraschen und ihm ein paar Erdnussbutter-Muffins backen. Bevor ich jedoch anfing, frühstückte ich noch kurz und machte mich danach ans Werk, nur um festzustellen, dass wir zu wenig Erdnussbutter im Haus hatten.

„Oh nein!" schrie ich verzweifelt.

Henry guckte aus seinem Zimmer.

„Was ist denn los?"

„Die Erdnussbutter ist aus. Aber ich brauche noch welche für das Topping Ich kann aber nicht zum Supermarkt, weil sonst tatsächlich die Muffins verbrennen."

„Ich könnte doch darauf aufpassen."

„Du? Nein, danke. Du hast letztens sogar die Makkaroni anbrennen lassen."

„Dann warte eben, bis sie fertig sind, fahr kurz zum Supermarkt und erledige dann den Rest. Das wirst du wohl inzwischen schaffen, oder? Ich meine, du warst ja jetzt schon öfters draußen."

Ich war mir nicht sicher, ob ich das alleine hinkriegen würde.

„Aber das ist ein spezielles Topping, das auf die heißen Muffins muss. Ich kann also nicht warten, bis sie fertig sind. Henry, bitte, fahr kurz einkaufen! Du hast was gut bei mir, versprochen", flehte ich, setzte meinen Hundeblick auf und zog eine Schnute. Das zog immer am besten bei Henry.

Dieser zuckte mit den Schultern und seufzte theatralisch.

„Also gut, dann hol ich dir eben deine dumme Erdnussbutter. Als könnte man kein anderes Topping drauf machen." Er murmelte vor sich hin, zog sich aber an und verschwand.

Ich sprang freudig auf und ab und schaute auf meine Eieruhr, fast 15 Minuten noch. Das würde Henry schon schaffen.

Doch da passierte es.

Ich wollte mich gerade auf die Couch setzen, als ich draußen Autoreifen quietschen hörte, gefolgt von einem heftigen Krach und Metallknirschen.

Ich hatte sofort eine böse Ahnung und rannte zur Wohnungstür hinaus. Durch unseren hohen Zaun sah ich nicht gleich, wer am Unfall beteiligt war, und so musste ich bis zur Tür der Anlage rennen.

Außerhalb dieser sah ich zwei Fahrzeuge, die völlig kaputt auf der Straße standen. Sie mussten ineinander gerast sein.

Da realisierte ich, dass ein Auto davon Henry gehörte. Ich schlug mir vor Schreck die Hand vor den Mund und rannte so schnell es ging zu ihm. Seine Motorhaube war komplett eingedrückt. Als ich durch sein Fenster schaute, sah ich zuerst nur den aufgeblasenen Airbag und dann Henry, der bewusstlos in seinem Gurt hing.

„Henry? Henry!", schrie ich ihn von außen an und hämmerte gegen die Schreibe, aber er bewegte sich nicht.

„Oh lieber Gott im Himmel, mach, dass er nicht tot ist! Ich brauche ihn doch noch, du darfst ihn mir nicht nehmen!" Ich rüttelte wie eine Irre an der Autotür, die sich verklemmt hatte, und schrie immer wieder seinen Namen. Umstehende Passanten hatten inzwischen den Notarzt und die Polizei gerufen und in einiger Entfernung konnte ich schon die Sirenen hören. Irgendjemand wollte mich von dem Auto wegzerren, doch ich klammerte mich am Türgriff fest.

„Miss? Lassen Sie mich doch versuchen, die Tür zu öffnen. Sie klemmt offensichtlich. Miss, bitte gehen Sie doch zur Seite."

Ich konnte den Mann nicht wirklich erkennen, denn meine Sicht war durch einen sinnflutartigen Tränenausbruch getrübt. Verwirrt blickte ich mich um und sah noch weitere Leute, die dem Autofahrer des zweiten Wagens helfen wollten. Der Kofferraum sah nicht besser aus als Henrys Motorhaube. Auch dort konnte ich den Airbag erkennen, aber der Fahrer schien bei Bewusstsein und ansprechbar zu sein. Ich schaute wieder zu Henry und bemerkte, dass eine Blutlinie sich seitlich an seinem Gesicht ausbreitete und nach unten lief.

„Wieso hab ich nur diese dummen Muffins gemacht und bin nicht selbst schnell einkaufen gefahren? Oh nein, das wird er mir nie verzeihen!" Ich schluchzte laut auf und die Tränen liefen noch schlimmer als vorher.

Dann endlich kamen die Krankenwagen und der Platz vor den Autos wurde erst einmal geräumt, damit die Sanitäter ihre Arbeit ordentlich verrichten konnten. Ich hörte jemanden immer wieder Henrys Namen rufen und realisierte gar nicht, dass ich es war. Die Rettungskräfte hatten beide Fahrer recht schnell aus den Autos geborgen und versorgt. Einer kam zu mir rüber und fragte mich, ob ich seine Frau oder Freundin wäre. Ich bejahte natürlich, ohne darüber nachzudenken, und wurde gefragt, ob ich mitfahren wolle. Ich war schon fast im Wagen, als mir meine Muffins wieder einfielen, die ja noch am Backen waren. Schnell rannte ich zurück in die Wohnanlage, schaltete den Ofen aus, schnappte mir im Vorbeigehen meine Handtasche und kam gerade noch rechtzeitig, bevor die Sanitäter wegfahren wollten.

Ich sprang also völlig aufgelöst in den Wagen und setzte mich auf den leeren Platz neben Henrys Liege.

Er war noch immer bewusstlos und sein Bein war inzwischen geschient worden. Da mich immer noch heftige Schluchzer durchschüttelten, bekam ich von dem netten Arzt, der mit im Wagen saß, etwas zur Beruhigung.

„Es sieht schlimmer aus, als es ist. Eine Platzwunde am Kopf mit wahrscheinlich leichter Gehirnerschütterung und ein gebrochenes Bein. Das ist gut, es hätte auch schlimmer ausgehen können", versuchte mich der Arzt zu beruhigen.

Ich schluchze, schniefte und bekam gerade so ein Danke heraus. Eifrig wühlte ich in meiner Tasche nach einem Taschentuch und bekam mein Handy in die Hand.

Ich schrieb Logan nur eine knappe WhatsApp, da ich zu mehr nicht fähig war, schließlich war all das meine Schuld.

📱 Henry hatte Autounfall, sind auf dem Weg ins St. Paul's, alles meine Schuld, sag bitte Shauna Bescheid

Richtig, Shauna! Sie würde mir die Hölle heiß machen, und das zu Recht. Oh je, ich wollte gar nicht daran denken. Jetzt war erst mal Henry wichtig und sonst niemand.

Im Krankenhaus angekommen, musste ich im Wartebereich Platz nehmen. Ich wurde zwar noch mal gefragt, ob es mir gut ginge, da ich aber schon ein Beruhigungsmittel erhalten hatte, konnte und wollte man mir nicht mehr geben.

Und da saß ich nun und wartete.

Henry wurde mitgenommen zum Röntgen und für weitere Untersuchungen.

Nach einer gefühlten Ewigkeit kam der behandelnde Arzt wieder; gleichzeitig tauchte Logan auf.

Ich fiel ihm, gleich wieder schluchzend, um den Hals und drückte mich fest an ihn.

„Miss Phalange? Ich bin Dr. Brown. Ich habe Mr. Cooper untersucht und versorgt. Er wurde jetzt auf die Station gebracht und ist inzwischen auch wieder wach. Wenn Sie wollen, können Sie zu ihm, aber bitte regen Sie ihn nicht auf und überanstrengen ihn nicht. Er braucht noch Ruhe und wird auch noch eine Weile hierbleiben. Sein Bein ist gebrochen, das muss noch operiert werden, das können wir aber erst machen, wenn wir sicher sein können, dass sich von seiner Gehirnerschütterung erholt hat und er kreislaufstabil ist. Die Operation wird sicherlich in den nächsten Tagen stattfinden."

„Oh, danke, Doktor Brown. Das sind ja gute Nachrichten!", brachte Logan hervor und schüttelte ihm die Hand.

Ich konnte nur zustimmend nicken und wischte mir mit dem Taschentuch die letzten Tränen weg. Henry sollte mich so nicht sehen.

Wir gingen also auf Station 3, Zimmer 24. Mein Herz klopfte mir bis zum Hals. Wie würde er reagieren? Wäre er sehr böse auf mich? Würde er überhaupt mit mir reden?

Logan drückte mich, gab mir einen Kuss auf den Scheitel und machte dann die Tür auf.

Henry war alleine im Zimmer, hatte bereits eine Infusion bekommen, der Fuß schien einen dicken Verband dran zu haben und die Platzwunde war geklebt worden. Er lächelte mich an und streckte die Hand nach mir aus.

„Regi, da bist du ja. Die Ärzte sagten mir bereits, dass du mit im Rettungswagen gefahren bist und gewartet hast, bis du zu mir konntest. Logan, schön, dass du auch kommen konntest."

„Alles klar, Kumpel? Natürlich komme ich, wenn ich höre, du hattest einen Autounfall. Was ist denn passiert?"

Ich brachte noch kein Wort heraus und konnte ihn auch nicht anfassen, weil ich mich schämte und mich unendlich schuldig fühlte.

„Gute Frage. So genau weiß ich das leider auch nicht. Ich weiß noch, dass ich um die Kurve bei uns gefahren bin, da ich ja für Regi die Erdnussbutter holen wollte."

Bei diesen Worten zuckte ich unwillkürlich zusammen. Meine Augen füllten sich wieder mit Tränen, die ich versuchte wegzublinzeln.

„Ich war gerade am Beschleunigen, als dieses Auto vor mir plötzlich den Rückwärtsgang einlegte und Gas gab. Da hatte ich keine Chance mehr, auszuweichen oder zu bremsen, und knallte voll hinten rein. Als ich wieder zu mir kam, war ich bereits hier im Krankenhaus."

Ich konnte einen Schluchzer nicht mehr unterdrücken und schon liefen auch die nächsten Tränen.

„Regi, alles gut. Das war doch nicht deine Schuld. Ich habe nur ein gebrochenes Bein, das verheilt schon wieder." Henrys Stimmte klang sanft und beruhigend, was meine Schuldgefühle nur noch verschlimmerte. Er hätte eigentlich stinksauer auf mich sein und mir sprichwörtlich den Kopf abreißen müssen, aber nichts davon geschah.

Ich riss mich zusammen, konnte aber nicht verhindern, dass meine Stimme ab und zu brach oder ins Stottern geriet, während ich versuchte, mich bei ihm zu entschuldigen.

„Henry, es tut mir so unendlich leid! Es ist alles meine Schuld! Ich hätte dich nie überreden sollen, die Erdnussbutter für mich zu holen. Oh Gott, ich hoffe, du kannst mir das irgendwann verzeihen!" Ich stützte mich an seinem Bett ab und wurde wieder von Schluchzern geschüttelt.

„Hey, Regi. Sch, sch! Alles gut! Ich brauche dir nichts verzeihen, denn du bist nicht Schuld an dem, was passiert ist. Das hätte mir auch an jedem anderen Tag passieren können, auf dem Weg in die Arbeit oder zu Shauna. Ich gebe dir keine Schuld. Wirklich nicht!" Er berührte meine Wange und ich war ihm so unendlich dankbar, für seine Güte, sein Wesen, einfach für alles.

„Aber apropos Shauna ..."

Und wenn man vom Teufel sprach: Shauna kam just in diesem Moment durch die Tür gerauscht. Zunächst war sie erschrocken darüber, wie Henry aussah. Es dauerte aber nicht lange und sie war schneller bei mir, als ich blinzeln konnte. Noch schneller bekam ich eine schallende Ohrfeige von ihr. Ich wusste nicht, wie mir geschah, und spürte ein sofortiges Brennen auf meiner Wange.

Logan ging sofort zwischen uns und versuchte, Shauna auf Abstand zu bekommen, indem er sie packte und festhielt. Sie hätte am liebsten gleich noch weiter auf mich eingeschlagen. Ich konnte es ihr nicht verübeln.

„Shauna, bitte", krächzte Henry, „lass Regina in Ruhe. Sie kann doch nichts dafür!"

„Ach nein? Nein? Hattest du mir nicht kurz vorher noch geschrieben, dass du wegen ihr jetzt noch mal zum Supermarkt musst? Wegen dummer Erdnussbutter? Natürlich ist sie schuld! Sie trägt für alles die Verantwortung!" Shauna kreischte geradezu und versuchte wieder, auf mich loszugehen. Zum Glück jedoch hielt Logan sie noch fest.

„Also jetzt komm mal wieder runter, Shauna. Ich kann dich sonst nicht loslassen und ich möchte gerne zu Regi. Ich denke, du möchtest auch gerne zu Henry, oder nicht?"

Sie schaute zu Logan, nickte dann und funkelte mich böse, ja geradezu hasserfüllt an.

Anschließend riss sie sich mehr oder weniger von Logan los und ging auf die andere Bettseite zu Henry.

„Du solltest dann jetzt wohl lieber gehen und nach deinen Muffins zu Hause schauen!", giftete sie mich an.

Wir würden in diesem Leben keine Freunde mehr werden, das war jetzt ein für alle Mal klar.

Mit hängendem Kopf ging ich nickend in Richtung Tür, drehte mich noch mal zu Henry um und brachte nur ein leises *Tschüss* zustande. Logan folgte mir, nachdem er sich ordentlich von Henry verabschiedet hatte.

„Hey, Honey! Es ist nicht deine Schuld. Ich werde gleich mal versuchen, bei den Kollegen von der Polizei etwas in Erfahrung zu bringen. Bin gleich wieder da. Warte hier!"

Als Logan wiederkam, saß ich mit hängenden Schultern auf dem Stuhl vor Henrys Zimmer. Shauna hatte sich zum Glück nicht blicken lassen, sodass ich ungestört blieb.

„Ein alter Freund, Officer White, von der Polizeiakademie arbeitet jetzt hier in L.A. und ist an dem Fall dran. Er sagte der andere Fahrer sei psychisch labil. Es war wohl eine Kurzschlussreaktion in Verbindung mit Depressionen oder so ähnlich. Es kann also keiner etwas dafür und du am allerwenigsten."

Er nahm mich ihn den Arm, zog mich vom Stuhl und brachte mich nach Hause.

Dort angekommen, blickte ich mich in der Wohnung um, die mir seltsam leer vorkam. Henry musste noch mindestens ein bis zwei Wochen im Krankenhaus bleiben. Voller Wut auf mich selbst stürmte ich zum Backofen, riss die Tür auf und warf die leicht angeschwärzten Muffins mit einem grimmigen Knurren in den Müll. Ich war sauer auf mich und den Rest der Welt, denn Henry hatte es nicht verdient, meinetwegen im Krankenhaus zu liegen.

Logan kam zu mir und wollte mich beruhigen, was mich jedoch noch mehr toben ließ. Ich wollte schon wie eine völlig Irre, Gläser und Teller zerschmettern, weil ich nicht wusste, wie ich mit der Situation umgehen sollte, und total überfordert war.

Doch Logan ließ das nicht zu. Er legte seine starken Arme um mich, sodass ich mich nicht mehr bewegen konnte und redete unwillkürlich auf mich ein. Ich hörte ihm nicht wirklich zu, ich wollte meinem Zorn freien Lauf lassen. Als ich irgendwann von dem Versuch, mich aus

Logans Griff zu befreien, erschöpft war, nahm er mich mit ins Schlafzimmer.

Ich legte mich noch komplett bekleidet ins Bett, wo ich mich an seine Brust kuscheln konnte. Bald darauf musste ich eingeschlafen sein, wurde jedoch von ihm geweckt, als er versuchte, sich unter mir zu befreien.

„Was ist los?", fragte ich schlaftrunken.

„Alles okay, Honey. Schlaf weiter, ich muss jetzt los."

„Kannst du nicht bis morgen bleiben? Ich fühle mich immer so einsam, wenn du gehst. Und heute wäre ich es tatsächlich." Ich blickte ihn aus traurigen Augen an.

Er zögerte kurz, entschied sich dann aber zu bleiben, worüber ich sehr glücklich war.

Und so kam es, dass wir unsere erste gemeinsame Nacht verbrachten. Völlig jugendfrei und ohne jegliche Hintergedanken.

Na ja, zumindest von meiner Seite aus. Betty sah das anders. Sie riss ihrem Toy Boy förmlich das Hemd vom Leib und stellte alle möglichen unanständigen Sachen mit ihm an. Natürlich wollte sie, dass ich es ihr gleichtat, aber die Situation war dafür nicht geeignet. Betty ließ sich allerdings nicht mehr davon abhalten.

In dieser Nacht erkannte ich, dass Logan wohl auch etwas mehr Nähe brauchte, auch wenn er es nie zugegeben hätte. Ich schmiegte mich an ihn und wurde erst wieder wach, als sich etwas Großes, Hartes in meinen Rücken bohrte. Ich drehte mich um und erkannte, dass es Logans Morgenlatte war, die sich in meinen Rücken drückte.

Kurz überlegte ich, ob ich sie mir näher ansehen sollte, entschied mich dann dafür und hob sachte die Decke an. Natürlich war ich darauf bedacht, ihn nicht zu wecken. Doch gerade als ich leicht nach unten rutschen wollte, um besser sehen zu können, hört ich ein ich ihn leise nuscheln: „Guten Morgen, Honey."

Mit dem Gefühl, ertappt worden zu sein, zuckte ich zusammen und lächelte Logan dann glücklich an.

„Guten Morgen, mein Schatz. Hast du gut geschlafen?"

„Und ob ich das hab! Und ich kam nicht umhin zu bemerken, dass du Bekanntschaft mit Johnny gemacht hast." Er seufzte zufrieden und nahm mich fester in die Arme.

„Mit Johnny? Du meinst doch damit nicht etwa …"

„Mein bestes Stück. Doch, das meine ich." Logan musste über meinen verblüfften und sprachlosen Gesichtsausdruck schmunzeln. Allerdings war der schöne Moment zwischen uns im nächsten Augenblick vorbei, denn er schrak hoch und blickte auf seine Uhr.

„Oh Gott, wie spät ist es? Verdammt, ich muss in 30 Minuten in der Arbeit sein! Sorry, Honey, aber jetzt muss ich mich sputen!"

Er sprintete regelrecht aus dem Bett und unter die Dusche. Da er nicht bei sich zu Hause war, musste er leider die Kleidung des Vortags anziehen. Dann warf er mir eine Kusshand zu und wollte schon gehen. Ich schaute mir das Ganze vom Bett aus an und wurde immer trauriger, je näher der Abschied kam.

Daher kam er noch mal kurz zu mir, schaute mir tief in die Augen und raunte mir zu: „Wenn ich jetzt nicht in die Arbeit müsste, dann würdest du heute wahrscheinlich nicht mehr aus dem Bett rauskommen. Mach dir einen schönen Tag und denk immer dran: Es war nicht deine schuld!" Dann bekam ich einen kurzen Kuss und schon war er weg.

Kapitel 13

Die nächsten Tage war ich auf mich allein gestellt. Logan konnte nicht vorbeikommen, da er in der Arbeit mit einem neuen Fall viel zu tun hatte und Shauna würde sich hüten, mich zu besuchen. Ganz davon abgesehen, dass ich sie nicht hereingelassen hätte.

Die Wohnung war ohne Henry schrecklich groß und leer. Ich fühlte mich einsam und versuchte trotzdem tapfer, mich nicht von meinen Schuldgefühlen auffressen zu lassen. Als ich in die Küche und zum Kühlschrank ging, stellte sich mein eigentliches Problem heraus.

Mein Essensvorrat ging zur Neige und ich hatte nur eine Möglichkeit, etwas dagegen zu tun: Ich stelle mich der Außenwelt und ging einkaufen. Schließlich hatte mein Unvermögen, nach draußen zu gehen, Henry ins Krankenhaus befördert und es war ja nicht so, als wäre ich nicht schon mal kurz alleine unterwegs gewesen. Der Supermarkt war ja auch relativ in der Nähe und mit dem Bus würde es sicher schnell gehen.

Betty erinnerte mich an eine dritte Möglichkeit: den Lieferservice. Sie wedelte mit Prospekten verschiedener Anbiete, die sie zu Fächern umfunktionierte, als sie sich die sexy Boten vorstellte.

Nein, Lieferservice kostete auf die Dauer zu viel. Außerdem war ich doch kein Angsthase mehr! Logan und ich hatten schließlich nicht umsonst trainiert. Und so beschloss ich, am nächsten Tag einkaufen zu fahren.

Am Morgen schrieb ich mir einen Zettel, damit ich auch ja nichts vergaß. Dann suchte ich mir die Fahrzeiten des Busses heraus und machte mich fertig.

An der Bushaltestelle standen schon einige Leute, sodass ich etwas Abstand zu ihnen hielt. Nur weil ich einkaufen fuhr, hieß das noch lange nicht, dass ich mich gleich voll ins Getümmel werfen musste.

Im Bus sah dann die Situation leider etwas anders aus. Er war schon sehr gut gefüllt und ich erwischte gerade noch einen Sitzplatz. Jetzt hieß es, tief durchatmen, am besten aus dem Fenster blicken und warten, bis meine Haltestelle kam. Ich machte mich wirklich gut, bis mich ein junger Kerl von gerade mal 16 Jahren anrempelte und ich panisch nach meinen Tabletten in der Handtasche suchte.

Jetzt komm mal wieder runter! Es war nur ein Rempler, mehr nicht. Du hast deine Geldbörse noch und dein Handy. Du bist selbst schuld, dass du jetzt in dieser Situation bist, und doch ist es das Beste, was dir hätte passieren können. Wenn Henry nicht im Krankenhaus wäre, hättest du nie einen Grund gehabt, vor die Tür zu gehen. Das ist deine Probe aufs Exempel. Stell dich ihr und mach ja keinen Rückzieher!

Meine Gedanken brüllten mich regelrecht an, doch die Tablette nahm ich zur Sicherheit trotzdem noch.

Da der Einkauf und die Rückfahrt ohne weitere Zwischenfälle abliefen, beschloss ich zu Hause, noch bei Henry vorbeizuschauen. Bisher hatten wir jeden Tag telefoniert und er beteuerte jedes Mal aufs Neue, dass er nicht sauer auf mich wäre oder mich irgendeine Schuld träfe.

Ich machte mich gut gelaunt auf den Weg, stolz auf mich selbst. Allerdings nahm ich diesmal ein Taxi, denn noch mal musste ich nicht mit so vielen Leuten zusammen sein.

Im Krankenhaus angekommen, ging ich schnurstracks zu Henry Zimmer, klopfte kurz und ging dann hinein.

Leider war Shauna auch da und wollte schon wieder wie eine Furie auf mich losgehen.

„Was willst DU denn hier? Hast du nicht schon genug angerichtet?"

„Shauna, Liebling, bitte! Wie oft soll ich es dir noch sagen? Regi trifft keine Schuld! Also lass es gut sein!"

„Oh nein, ich werde hier überhaupt nichts gut sein lassen und sie gleich hinauswerfen!"

Shauna krempelte sich die Ärmel ihres Shirts hoch und war bereit, mich aus dem Zimmer zu zerren.

Ich konnte sie nur fassungslos ansehen. Das war tatsächlich ihr Ernst!

„Shauna, jetzt ist aber gut! Was soll das denn? Regi ist meine beste Freundin und meine Mitbewohnerin. Du musst sie nicht mögen, aber wenn du weiterhin mit mir zusammen sein willst, musst du mit ihr klarkommen Diese ständigen Sticheleien gehen mir auf die Nerven." Dann sah er mich an: „Das Gleiche gilt auch für dich, Regi. Ihr müsst euch nicht lieben, aber ihr müsst euch vertragen und nett zu einander sein. Zumindest, wenn ich dabei bin. Und ich möchte jetzt kein Gemecker hören, von keinem von euch!"

Wow, das war mal eine Ansage! So herrisch hatte ich Henry noch nie erlebt. Shauna und ich schauten ihn verblüfft an. Ich nickte und streckte Shauna meine Hand als Friedensangebot hin. Sie schnaubte verächtlich und sah dann flehend zu Henry.

„Muss das wirklich sein?"

„Shauna!"

„Okay, okay. Ich mach ja schon."

Sie schaute mich mit einem vernichtenden Blick an und reichte mir dann die Hand. Es dauerte keine Sekunde und wir ließen uns wieder los, dann war der Spuk vorbei. Dann fiel Henry auf, dass ich alleine gekommen war.

„Wo ist denn Logan? Oder bist du etwa alleine hergekommen?

„Jap, das bin ich", verkündete ich stolz und fing an zu strahlen.

„Dein Unfall hat mir deutlich gemacht, dass ich nicht nur in der Wohnung hocken kann. Ich kann auch nicht ständig auf Logan warten. Also, blieb mir nichts anderes übrig, als alleine nach draußen zu gehen. Und weißt du was? Es ist toll! Ich fühle mich zum ersten Mal wieder so richtig frei. Ich bin so happy und stolz."

„Wahnsinn, Regi! Das ist fantastisch! Ich freue mich so sehr für dich." Er streckte die Arme nach mir aus und ich kam seiner Einladung nur zu gern nach. Henry war einfach der Beste! Und Shauna wusste es mit Sicherheit nicht zu würdigen.

Als ich nach meinem Besuch bei Henry wieder zu Hause war, schrieb ich Logan eine kurze Nachricht.

> 📫 Hey, mein sexy Agent ;-)
> Du wirst es nicht glauben, aber ich war heute alleine unterwegs. Einkaufen UND bei Henry im Krankenhaus. Es war großartig und ich fühl mich total berauscht. Wann sehe ich dich endlich wieder? Ich vermisse dich und deine sexy Muskeln. Küsschen
> Regi

Obwohl der Tag recht lang und anstrengend für mich war, pumpten meine Adern immer noch das Adrenalin durch meinen Körper. Deshalb wanderte ich zuerst etwas unschlüssig in der Wohnung auf und ab, bevor ich mich entschloss, den Adrenalinschub zu nutzen und etwas zu putzen.

Als sich die Wirkung dann dem Ende neigte, ließ ich mir ein heißes Bad ein, um etwas zu entspannen.

Logan hatte sich noch nicht gemeldet. Während ich mich gerade in die Wanne gelegt hatte, hörte ich eine Nachricht auf meinem Handy eingehen. Natürlich hatte ich es im Wohnzimmer vergessen und so wägte ich ab, ob ich nass durch die Wohnung laufen oder einfach später nachsehen sollte.

Ich entschied mich für die zweite Variante und rutschte tiefer ins Wasser, schloss die Augen und seufzte zufrieden.

Wenn da nur nicht diese Neugierde wäre. Es dauerte also keine fünf Minuten und ich rannte mit einem Handtuch umwickelt durch die Wohnung, um mein Handy zu holen.

Ich schnappte mir also mein Mobiltelefon, das auf dem Tresen lag, rannte zurück ins Bad und setzte mich wieder in die Wanne. Natürlich war es eine Nachricht von Logan. Ich lächelte vor mich hin und las sie:

> 📪 Hey, mein Liebling. Du warst draußen? Ohne mich? Respekt! Ich freue mich für dich, dass du diesen Schritt gewagt hast. Da ist Henrys Unfall ja fast das Beste, was dir passieren konnte. Ich komme morgen wieder zu dir! Wird aber trotzdem abends werden und dann

genießen wir ein verlängertes Wochenende!
Ich freu mich schon drauf. Küsschen
Logan

📬 Oh toll! ☺ Da freu ich mich auch drauf!
Dann bis Morgen ☺

Ein verlängertes Wochenende? Wahnsinn! Ich legte das Handy weg, grinste breit und tauchte dann kurz unter Wasser, als mir die zündende Idee kam.

Also wenn du jetzt an das Gleiche denkst wie ich, hat das aber ganz schön lange gedauert bei dir!, beschwerte sich Betty.

Sie hatte bereits alles für einen tollen Abend mit anschließendem Abstecher ins Bett geplant und vorbereitet.

Ja, das war es. Ich würde uns ein leckeres Candle-Light-Dinner zaubern und dann würde es der Abend der Abende werden. Ich fühlte mich endlich bereit dazu, mit meinem Freund zu schlafen. Alles war perfekt. Wir hatten die Wohnung für uns, es konnte also keiner stören.

Wieder total aufgeregt ging ich ins Bett. Damit ich genügend Zeit hatte, alles herzurichten, wollte ich früh aufstehen.

Am nächsten Morgen kam ich jedoch nicht aus dem Bett und vertrödelte auch noch den Vormittag mit unnützen Beschäftigungen. Über das Abendessen machte ich mir in einer Kaffeepause Gedanken. Mir fiel jedoch nichts Besseres als Knoblauchhähnchen ein.

Knoblauch? KNOBLAUCH? Das ist doch nicht dein Ernst! Betty rastete gerade dezent aus. Sie verdrehte die Augen und raufte sich die Haare. *Du musst doch Aphrodisiaka verwenden! Chili oder Austern, aber doch keinen Knoblauch! Ihr wollt euch doch nicht vollstinken!*

Oje, an das hatte ich gar nicht gedacht! Also kein Knoblauchhähnchen. Ich entschied mich für ein einfaches Hackfleisch-Nudel-Gratin und Mousse au Chocolat als Nachspeise, dazu frische Erdbeeren. Um keine Zutaten zu vergessen, schrieb ich sie auf einen Einkaufszettel, packte diesen in meinen Geldbeutel, nahm eine Tasche und zog mich an. Kurz bevor ich zur Tür hinauswollte, zögerte ich jedoch ein wenig. Wie lange würde es wohl dauern, bis ich es ohne nachzudenken schaffte, einfach die Wohnung zu verlassen? Heute jedenfalls noch nicht. Ich atmete ein paar Mal tief durch und ging. Den Einkauf überstand ich erstaunlicherweise gut und als ich wieder zu Hause war, machte ich mich auch schon ans Kochen und die Vorbereitungen.

Bevor Logan kam, dekorierte ich noch schnell den Tisch, zog mir ein hübsches Kleid an und legte etwas Parfüm auf. Just in dem Moment, als ich fertig war, läutete es an der Tür.

Ich öffnete und sah einen großen Blumenstrauß vor mir.

„ Das wäre aber wirklich nicht nötig gewesen", sagte ich freudig und lacht auf.

„Ich wollte dich überraschen und zum Start in unser verlängertes Wochenende zum Essen einladen." Er stand abwarten da und begutachtete mein Outfit.

„Und wie ich sehe, hast du dich hübsch gemacht. Sieht toll aus!"

„Dankeschön. Aber das mit der Essenseinladung klappt leider nicht. Ich habe uns nämlich etwas Leckeres gekocht, weil ich dich auch überraschen wollte." Ich zwinkerte ihm zu und zog ihn in die Wohnung.

„Na gut, ich bin da nicht so. Wir können auch noch morgen Essen gehen." Er schnupperte, während er sich Jacke und Schuhe auszog.

„Boa, das riecht aber lecker! Ich hab total Hunger. Wann ist es denn fertig, wenn ich mal so frech fragen darf?"

Ich musste kichern, denn er ging wie ein Hund, mit erhobenere Nase und weiterhin schnuppernd, in Richtung Küche.

„Es dauert nur noch circa fünf Minuten. Dann ist unser Hackfleisch-Nudel-Gratin schon fertig. Und als Nachtisch gibt es Mousse au Chocolat."

Nun wurde ich etwas verlegen, schließlich wusste ich gar nicht, ob er das Dessert auch mochte.

„Oh mein Gott! Ernsthaft? Ich liebe Mousse au Chocolat! Oh, Regi, du bist die Beste!"

Er hob mich hoch, wirbelte mich im Kreis und gab mir einen zarten Kuss. Ich musste lachen und quietschte auf, als er sich mit mir drehte.

Während des Essens alberten wir herum, erzählten uns von unserem Tag und überlegten, was wir alles mit dem Wochenende anfangen könnten.

Als ich den Nachtisch brachte, kam Logan zu mir rüber gerutscht.

Er nahm eine Erdbeere, tunkte sie in die Mousse und fuhr damit langsam meine Lippen nach. Meine Sinne waren sofort auf 180, als Logan sie mit seiner Zunge sanft entlangfuhr. Dabei blickte ich in seine Augen, die mir zeigten, dass auch in ihm das Feuer zu lodern begann.

Es wurde ein Spiel aus Liebkosungen und Küssen, bei dem wir uns gegenseitig mit Erdbeeren fütterten, bis schließlich die Luft zwischen uns brannte. Ich stand auf und bedeutete mit einem Fingerzeig, mir ins Schlafzimmer zu folgen. Denn jetzt, heute, hier wollte ich ihn! Er kam lässig hinter mir her. Während ich auf dem Bettrand saß, stand er sexy in am Türrahmen gelehnt und schaute mich mit lüsternem Blick an, der meine Haut zum Glühen brachte. Mein Atem ging schneller und mir wurde heiß und kalt zugleich.

Er kam zu mir herüber und stellte sich vor mich, sodass ich zu ihm aufschauen musste.

Sein Blick war eine Mischung aus Lust, Verlangen und doch Besorgnis. Dieser Schritt war neu für uns.

Ich stellte mich hin und fing an, ihn am Hals zu küssen, sein Kinn entlang, bis ich bei seinem Mund mit diesen weichen Lippen angekommen war. Diese biss ich sanft und konnte ihm damit ein Stöhnen entlocken.

„Schalt bitte das Licht aus", flüsterte ich ihm zu.

Und dann wurde ich nervös. Logan kam wieder zu mir und streichelte zärtlich über meine Taille runter zur Hüfte sowie über meinen Po. Er drückte mich an sich und wir genossen einen innigen Kuss. Ich spürte, wie zaghaft er war und wollte ihm helfen, vielmehr uns beiden helfen, diesen Schritt zu gehen. Daher strich ich über seine Brust und versuchte dabei, die Knöpfe zu öffnen. Ich nestelte daran herum, bis ich die Geduld verlor. Meine Hände fingen zu zittern an und so langsam aber sicher trat mir der Schweiß auf die Stirn. Logan kam wieder näher und legte beide Arme um mich. Dann schubste ich ihn bestimmend von mir weg.

„So geht das nicht. Das fühlt sich nicht richtig an. Ich komm mir vor, wie bei meinem ersten Mal. Also ich meine, für uns wäre es das erste Mal, aber ich meine DAS erste Mal ..." Stolpernd lief ich an ihm vorbei zur Tür und drehte das Licht wieder an.

Betty bekam einen Blutsturz und ließ sich schreiend und wild um sich schlagend auf den Boden fallen. Sie konnte einfach nicht begreifen, dass ich mich so anstellte, und sah sich gedanklich bereits in ein Kloster einziehen, denn sie würde wohl nie wieder Sex bekommen in ihren Leben.

Logan knöpfte bereits sein Hemd wieder zu und lächelte mich beruhigend an.
„Schon gut, Honey. Du hattest vielleicht zu viel geplant. Wahrscheinlich muss es spontaner kommen. Ich kann warten. Und weißt du warum?"
„Nein." Ich lehnte mich an die Tür und ließ den Kopf hängen.
„Weil du es wert bist zu warten. Ich möchte keine negativen Gefühle in dir auslösen. Und wenn es noch dauert, dann dauert es eben noch. Who cares?"
Mittlerweile stand er wieder vor mir und streichelte meine Arme, während ich ihn mit einem Schmollmund traurig und gerührt ansah.
„Du bist so verständnisvoll. Das habe ich überhaupt nicht verdient." Ich küsste ihn zärtlich, lehnte mich an ihn, schloss kurz die Augen und genoss einfach die Nähe. Mein kleiner Anfall - oder was auch immer das gerade war - war schon wieder vergessen und ich war glücklich darüber, einen so tollen Freund zu haben.

„Regi? Könnten wir vielleicht ins Wohnzimmer gehen? So schön es auch ist, mit dir hier zu stehen, aber sitzen wäre mir eindeutig lieber", flüsterte es an meinem Ohr und in meinen Haaren. Ich sah zu ihm hoch und lächelte ihn an.

„Sicher. Lass uns doch einen Film schauen, ich mach uns auch Popcorn."

„Das klingt verlockend. Was möchtest du sehen?"

„Ist mir egal, such du dir was aus." Ich verschwand in Richtung Herd.

Als ich mit dem Popcorn zurückkam, hatte Logan bereits den Fernseher eingeschaltet und es lief der Vorspann.

Ich erkannte sofort, dass es *Blue Hawaii* mit Elvis Presley, dem King persönlich, war, und freute mich riesig.

Es war sein bester Film und auch wenn ich sonst meine Leidenschaft für die Fünfziger Jahre aufgegeben hatte, Elvis, seine Musik und die Filme waren geblieben.

„Uh, wie toll! Du hast einen guten Geschmack", neckte ich Logan und stellte ihm die Schüssel hin.

„Habe nur von der Besten gelernt", gab er zurück, grinste und gab mir einen schnellen Kuss.

Wir schalteten das Licht aus und guckten den Film. Ich legte meinen Arm um seinen Bauch und kuschelte mich ganz nah an ihn. Er kraulte mir die Haare. Irgendwann fing ich automatisch an, mit den Fingern immer wieder über sein Sixpack zu streichen, während Logans Hand zwischen meinen Haaren und meiner Taille auf und ab wanderte.

Als Elvis bei dem Geburtstag seiner Oma war und anfing *Can't help falling in love* zu singen, entkam mir ein kleiner Seufzer und ein Schauer lief mir über den Rücken.

Ich blickte kurz hoch zu Logan und wollte ihn fragen, ob er den Film auch so toll fand, als ich bemerkte, dass er davon überhaupt nichts mitbekam.

Er fixierte mich mit glühendem Blick und seine braunen Augen schienen sich in flüssige Schokolade zu verwandeln. Ich setzte mich unwillkürlich etwas weiter auf. Mein Mund wurde mit einem Mal ganz trocken. Ich konnte den Blick nicht von seinen Augen abwenden, war gefangen in der Lust und dem Verlangen, dass sich darin spiegelte.

Er legte ganz leicht eine Hand an meine Wange. Meine Haut reagierte sofort und wurde heiß, bis sie unter seiner Berührung zu brennen schien. Mein Herz setzte einen Moment aus, um gleich darauf in gefühltem dreifachen Tempo wieder zu schlagen.

Ich saß da, unfähig, mich zu bewegen, und wartete darauf, was Logan als nächstes tat.

Sein intensiver Blick wanderte von meinen Augen hinab zu meinen Lippen und Sekunden später spürte ich seine auf meinen. Warm, weich, einladend und bereit, jeden Zentimeter meines Körpers zu erkunden.

Endlich machte es klick in meinem Kopf und die Anspannung fiel von mir ab, wie bald darauf auch all unsere Kleidung.

Ich legte die Arme um Logans Hals und küsste ihn voller Verlangen. Der Knoten war geplatzt, und jetzt war ich nicht mehr zu stoppen. Ich würde mit ihm schlafen. Hier. Jetzt. Im Wohnzimmer auf meiner Couch.

Betty vollführte einen Siegestanz, blies Fanfaren und ließ ein Feuerwerk steigen.

Im Licht des Fernsehers knöpfte ich Logans Hemd wieder auf. Diesmal eindeutig sicherer und schneller und streifte es langsam über seine muskulösen Arme. Ich schaute meinen Händen dabei zu und fühlte jeden Muskel, den Bizeps, den Trizeps. In meiner Mitte breitete sich Hitze aus, die sich von einem kleinen Feuer in einen großen Waldbrand verwandelte.

Auch Logan atmete nun schneller, zögerte aber immer noch, da er nicht wusste, ob ich gleich wieder abbrechen würde.

„Möchtest du das wirklich? Denn wenn nicht, dann muss ich jetzt unbedingt kurz ins Bad verschwinden! Du bist so heiß, Regi. Und du weißt es nicht mal. Das macht dich noch viel heißer! Verdammt, ich muss ins Bad!"

„Nein, bleib hier! Was immer du dort machen möchtest, tu es hier mit mir. Ich will dich! Und ja, ich bin mir sicher." Mein Finger glitt langsam seine Brust hinab. Ich schaute ihn verführerisch an, biss mir auf die Lippe und zog mir mein Kleid über den Kopf, sodass ich ihm im BH und Slip gegenübersaß.

Logan biss sich auf die Faust.

„Autsch! Das ist echt heiß, Regi."

Jetzt hatten wir uns beide hingekniet und Logan hielt meinen Kopf in seinen Händen, damit er mich wieder küssen konnte. Ich hielt mich zuerst an seinen Armen fest und fuhr dann mit meinen Händen seinen Rücken entlang. Als ich seine Zunge in meinem Mund spürte, die meine aufforderte zu tanzen und zu spielen, schlug ich ihm vor Lust meine Nägel in den Rücken.

Er stöhnte in meinen Mund, was mich nur noch mehr antörnte.

„Dreh dich um", brachte er kurz unter unseren Küssen hervor.

Ich tat, wie mir geheißen, wandte mich um und dachte, er würde mir den BH aufmachen, aber weit gefehlt.

Logan befreite meine linke Halsseite von meinen Haaren und fing an, mich dort entlang zu küssen, wovon ich sofort eine wohlige Gänsehaut bekam. Meine Brustwarzen richteten sich auf und rieben gegen den Stoff des BHs. Ich spürte Logans Lippen an meinem Ohrläppchen und wie sie es umschlossen. Er knabberte sanft daran, was mir den nächsten Schauer verursachte. Ich ließ meinen Kopf in den Nacken fallen und somit gegen seine Brust.

Seine Hand lag auf meinem Bauch und streichelte beruhigend von einer Seite auf die andere, während die zweite Hand zaghaft den Träger von der Schulter streifte. Er küsst sich seinen Weg hinunter Schlüsselbein, dann meinen Nacken entlang zur anderen Seite. Streifte dort ebenfalls den BH-Träger ab und fuhr über meinen Arm. Ich legte meine Arme nach hinten, um uns beide herum und konnte seinen knackigen Po fühlen. Ich knetete ihn leicht, während Logan sich wieder meinem Bauch widmete und mit einer Hand sich weiter nach unten bewegte. Ich keuchte auf, zog Logan ganz nah an mich heran und konnte im Rücken bereits seine beachtliche Erektion spüren. Genau wie ich war er bereit für Sex.

„Öffne meinen BH", mehr als ein leises Krächzen bekam ich nicht mehr heraus.

Er tat, was ich von ihm wollte, und zog ihn mir aus. Dabei blieben seine Hände auf meinen Brüsten liegen. Es prickelte überall und meine Brustwarzen streckten sich ihm entgegen.

Er knetete sie sanft und küsst wieder meinen Hals, während ich mir etwas umständlich das Höschen auszog.

Ich wollte ihn jetzt spüren. Kein langes Vorspiel mehr. Es musst jetzt sein, oder ich würde explodieren.

Ich drehte mich wieder zu Logan um und versuchte, seine Hose zu öffnen, was leider misslang, da Logan meine Hände festhielt.

„Sollen wir hier nicht lieber aufhören?" Er sah mir direkt in die Augen. Meinte er das ernst?

„Was? Nein! Ich will dich; jetzt, sofort. Ich hab keine Lust mehr auf lange Vorspiele, sondern will dich sofort spüren. Bitte, ich hab das Gefühl, sonst zu platzen."

In seinen Augen sprühten Funken und ich wusste, ihm ging es genauso. Er nickte mir zu und entledigte sich seiner restlichen Kleidung. Aus seinem Geldbeutel zog er ein Kondom hervor, das er sich schnell und geschickt überzog. Danach hielt er mich im Arm, liebkoste mit seinem Mund und seiner Zunge wieder die meine und legte mich dabei sanft rückwärts auf die Couch.

Dann kniete er sich zwischen meine Beine, hob meinen Oberschenkel an und positionierte sich direkt vor meiner Mitte.

„Bist du bereit? Oder soll ich das erst noch mit meinem Finger überprüfen?"

„Ich bin bereit und jetzt halt endlich die Klappe und nimm mich!"

„Jawohl, Miss!"

Ich zog seinen Kopf wieder zu mir herunter und wartete, bis ich ihn in mir spürte. Ich war sowas von bereit für ihn, als ich seine Eichel an meinem Eingang spürte, die sich langsam aber sicher vorwärts bewege, meine Schamlippen spaltete und dann tief eintauchte in mein Lustzentrum. Logan hob den Kopf und stöhnte laut auf.

„Sch, sch! Nicht so laut, es soll uns keiner hören!" brachte ich gerade noch heraus. Denn im nächsten Moment fühlte ich mich wie im siebten Himmel.

„Entschuldige, aber es fühlt sich so gut an, in dir zu sein." Er küsste mich voller Begierde und fing an, sich langsam zu bewegen. Er ließ die Hüften kreisen und mich durchfuhr ein elektrischer Impuls nach dem anderen. Ich hatte total vergessen, wie gut sich Sex anfühlte, und gab mich Logan und seinen Bewegungen total hin.

Ich krallte mich entweder an seinen starken Schultern fest oder umfing seinen knackigen Po.

Er legte mein Bein auf seine Schulter, wodurch er mich so noch mehr ausfüllen konnte. Ich presste mich an ihn, denn ich wollte keinen Millimeter von ihm verpassen.

Unser Rhythmus passte perfekt zusammen und mit jedem Stoß den er tat, kam ich einem gewaltigen Orgasmus näher. In mir hatten sich die letzten Jahre so viele Emotionen aufgestaut, die nun befreit werden wollten.

Ich trieb Logan an, etwas schneller zu werden, und legte meine Beine nun um seine Hüfte. Mit jedem Stoß konnte ich ihn so noch näher zu mir ziehen und somit seinen großen Liebesstab tiefer in mich schieben.

Logan stützte sich mich den Armen neben mir ab und stieß fester zu. Auch sein Körper lechzte nach Erlösung und so wurde er immer schneller und wilder.

Er knetete meine Brüste und leckte mit der Zunge darüber, dann küsste er mich und stieß noch ein paar Mal fest zu.

Ich drängte ihm mein Becken entgegen, damit er besser eindringen konnte, und als ich die Welle des Orgasmus näher kommen spürte, krallte ich mich an ihm fest und biss ihn leicht in die Schulter.

Logan hob mich hoch und setzte mich auf sich. Er strich mir meine Mähe aus dem Gesicht und ließ mich auf ihm sitzend kommen. Meine Finger versenkten sich in seinen Haaren.

Es dauerte nicht wirklich lange, bis auch er zum Höhepunkt kam. Er versteckte das Gesicht zwischen meinen Brüsten, damit er nicht laut losschrie. Ich streichelte ihm über den Kopf und den Rücken und kam nur ganz langsam wieder zu Atem. Logan schaut mich glücklich von unten herauf an und küsste mich. Er drückte meinen Körper an sein Gesicht und hielt mich noch einen Augenblick fest.

Ich hörte in meinem Kopf Siegesfanfaren - sicherlich von Betty - und war total berauscht. Das war der letzte Punkt auf meiner Checkliste: wieder Sex haben.

Jetzt war ich so gut wie wiederhergestellt. Mein Leben konnte nun endlich von neuem beginnen.

Kapitel 14

Das Wochenende sollte allerdings noch mehr Überraschungen für mich bereithalten als nur die Erkenntnis, dass Logan sein bestes Stück Johnny getauft hatte. Er wollte mir den ganzen Tag nicht sagen, was er abends vorhatte und tat geheimnisvoll.

Samstagabend zog er sich seine Streetwear an, mit Goldkettchen und einem schrägen Baseball-Cap.

„Los, Regi. Zieh dich an, wir müssen los." Er hielt mir die Hand hin, um mir beim Aufstehen von der Couch zu helfen.

„Wir müssen los? Aber wohin? Und was zum Geier hast du da für Klamotten an? Mutierst du etwa zum Gangsterboss?" Ich musste über meinen Witz lachen, aber Logan fand es seltsamerweise nicht lustig. Er hatte zwar schon öfter legere Kleidung an, aber so *aufgemotzt* hatte ich ihn noch nicht gesehen

„Äh, nein! Wir müssen zum Battle!"

„Zu welchem Battle?"

„Ich habe dir doch von meinem Hobby erzählt? Ich rappe ab und zu. Tja, und heute ist ein Rap-Battle in Downtown. Und jetzt zieh dich bitte an, ich kann heute nicht fehlen. Es geht um den Einzug ins Finale!" Stolz blickte er mich an. Ein Gesetzeshüter der auf Rap-Battles geht? Das kam mir sehr widersprüchlich vor.

„Hallo? Du hattest zwar gesagt, dass du ab du zu rappst, aber nicht, dass du auch auf Battles gehst. Ich dachte, deine *Übungen* vorm Spiegel waren nur aus Spaß."

Ich konnte gerade noch in meine Ballerinas schlüpfen, als Logan sich meine Jacke mit der einen Hand und meine Hand mit seiner anderen schnappte. Schon waren wir zur Tür hinaus und fuhren mit dem Auto Richtung Downtown.

Vor der Location standen schon zahlreiche Leute. Die Stimmung war bereits am Kochen und ich hörte aus jeder Ecke einen anderen Rap.

Eigentlich war das so überhaupt nicht mein Fall, ich mochte Rap und Hip Hop nicht sonderlich, aber auf einem Battle war ich auch noch nie gewesen und schon sehr gespannt drauf. Das Einzige, das mich dazu bringen wollte umzudrehen, waren die Menschenmassen. Logan steuerte, mit mir im Schlepptau, geradewegs durch die Menge. Und dann sah ich sie auch: Gabriella.

„Logan, da bist du ja endlich! Ich dachte schon, du kommst nicht mehr. Wärst zu feige", Gabriella neckte Logan in ihrem typischen Latinodialekt und kam dann zu mir und umarmte mich.

„Meine liebe Regina. Schön, dass du auch da bist!"

„Gabbi, könntest du dich bitte etwas um Regina kümmern, während ich auf der Bühne stehe? Sie soll hier nicht alleine sein."

Gabbi beäugte mich etwas schief, nickte ihm dann aber zu.

„Du bist bei Gabriella in den besten Händen. Dir wird nichts passieren, das sind anständige Battles. Und falls doch jemand auf Krawall aus ist, muss ich eben den Agent raushängen lassen." Er streckte mir die Zunge raus, hielt mein Gesicht in den Händen, schaute mir tief in die Augen und küsste mich lange und sanft.

Gabriella räusperte sich unauffällig hinter uns.

„Logan, du musst zur Bühne, sonst fangen die ohne dich an!"

Mein Freund schaute mir noch mal in die Augen und mir blinzelte der Schelm entgegen. Er grinste mir ein letztes Mal zu, dann war er in der Menge verschwunden.

Gabbi nahm mich bei der Hand und zog mich Richtung Bühne.

„Komm schon, es passiert dir nichts. Ganz nach vorne werden wir nicht mehr kommen, aber nah genug."

Ich schaute mir die Massen an Leuten an und bekam ein mulmiges Gefühl in der Magengrube. Übergeben war hier nicht drin und ausrasten auch nicht.

Augen zu und durch! Logan hätte dich nicht mitgenommen, wenn er nicht der Überzeugung wäre, dass du das aushältst! Betty hatte eine Sonnenbrille auf, ebenfalls eine große Goldkette um und eine dicke Bomberjacke an, obwohl es wirklich nicht kalt war.

Ich ließ mich auf das Abenteuer ein und stellte mich neben Gabbi. Wir waren in der dritten Reihe und konnten hervorragend auf die Bühne sehen.

Das Battle begann und jeder Teilnehmer hatte ein paar Minuten Zeit für seinen Rap. Die Stimmung war am Überkochen und ich wurde davon angesteckt. Da ich mich nur auf die Bühne und später auf Logan konzentrierte, fiel es mir nicht mehr schwer, die ganzen Menschen auszublenden.

Es war fantastisch. Ich hatte so viel Spaß wie schon lange nicht mehr. Meine Begleiterin passte gut auf mich auf und wir lachten und klatschten begeistert.

Als das Battle zum Höhepunkt kam, war es so heiß in der Halle, dass ich bei einem Wet-T-Shirt-Contest hätte mitmachen können. Die Stimmung war so ausgelassen, dass ich nicht mitbekommen hatte, wie schnell die Zeit verflog.

Das große Finale war vorbei und Logan ergatterte leider nur den vierten Platz. Gabbi und ich versuchten, hinter die Bühne zu Logan zu kommen, aber er war schneller und fing uns vorher schon ab.

„Wahnsinn!", rief ich und strahlte ihn an. „Ich hatte ja keine Ahnung, dass ich hier einen zweiten Eminem als Freund habe." Ich umarmte Logan voller Respekt für die tollen Rapps und Gabbi tat es mir gleich.

„Du warst mal wieder super, Logan! Ehrlich, du hättest einen besseren Platz verdient, aber du strahlst zu sehr den Cop aus. Und du weißt, das ist hier nicht gern gesehen." Sie streckte ihm die Zunge raus, hakte sich bei mir unter und zog mich zum Ausgang.

„Kommt schon! Lasst uns gehen, bevor die Straße dicht ist."

Während wir zum Auto liefen, sah mich Logan die ganze Zeit über aufmerksam an.

„Was ist?", fragte ich lachend.

„Ich warte auf eine Reaktion von dir: Wie es dir gefallen hat, ob du noch mal mitkommen möchtest oder wie du mich fandst."

Sein Blick war fröhlich, neugierig und voller Liebe.

„Ich hab dir doch schon gesagt, dass du super warst!", beteuerte ich lachend. „Sag du mir lieber, welche Geheimnisse oder geheimen Fähigkeiten du noch hast", ich knuffte ihn mit dem Ellbogen in die Seite und meine Wangen fingen leicht an zu glühen.

„Es war ein fantastischer Abend. Ich möchte dir und Gabbi danken. Die Stimmung hat mich so mitgerissen, dass ich die ganzen Massen um mich herum überhaupt nicht realisiert, sondern einfach nur Spaß hatte. Es war toll, dich auf der Bühne zu sehen. Du hast echt Talent. Aber Gabbi hat wohl Recht, du strahlst zu sehr den Cop aus." Jetzt mussten wir alle laut lachen. Auch noch, als wir bereits im Auto saßen und auf dem Heimweg waren.

Da Gabbi nicht mit dem Auto da war, nahmen wir sie mit und setzten sie zu Hause ab. Es war bereits weit nach Mitternacht, aber von Müdigkeit war bei keinem etwas zu spüren. Als Logan und ich alleine waren, sah er mich aus den Augenwinkeln an, legte eine Hand auf mein Knie und fragte noch mal: „War es wirklich okay für dich? Ich meine, irgendwelche Panikattacken? Geht es dir gut?"

In seiner Stimme schwang echte Besorgnis mit. Ich strahlte ihn allerdings nur an, drückte seine Hand und flüsterte: „Überall, wo du bist, fühle ich mich sicher. Und ja, mir geht es gut. Ich denke, ich brauche keine weiteren Tabletten. Zur Sicherheit werde ich sie aber trotzdem behalten. Der heutige Abend war einfach der reine Wahnsinn! Ich bin so aufgedreht und voller Adrenalin. Und ich hab Hunger." Entschuldigend zuckte ich mit den Schultern und sah ihn an.

„Zu Essen könnte ich auch etwas vertragen. Wie wäre es mit Wendy's?"

„Also wenn du mich so fragst, ich hätte nichts gegen ein paar Chili-Cheese-Fries von Taco Bell einzuwenden."

„Wie Sie wünschen, Ma'am! Auf zu Taco Bell!"

Ich drückte ihm einen Kuss auf die Hand, verschränkte meine Finger mit seinen und schaute glücklich aus dem Autofenster.

Unser Essen wurde eingepackt und wir fuhren weiter zum Strand, wo wir es uns schmecken ließen. Der Mond spiegelte sich im Meer und erhellte sogar den Sand, sodass wir uns ein Plätzchen nah am Wasser suchen konnten.

Logan hatte eine Decke dabei, auf die wir uns setzen und den Rest unseres Essens vertilgen konnten.

Ich starrte auf das tiefschwarze Meer und mich überkam ein innerer Frieden. Eine Ruhe, die ich lange nicht mehr gespürt hatte. Ich lehnte mich seitlich an Logans Schulter und seufzte laut.

„Ach, Logan, es ist so schön hier. Ich liebe das Meer. Ich kann nicht ohne sein."

„Und ich kann nicht mehr ohne dich sein."

Überrascht setzte ich mich wieder gerade hin und sah ihn an. Wir kannten uns zwar schon länger, waren aber erst seit ein paar Wochen ein Paar.

„Regina, ich liebe dich! Du bist durch eine schreckliche Tat in mein Leben getreten, aber du bist nicht mehr daraus wegzudenken. Ich wollte mir meine Gefühle nicht eingestehen, da es sich für einen Gesetzeshüter nicht gehört, eine Beziehung mit seinem Schutzbefohlenen einzugehen. Aber ich bin froh, dass ich bei diesem Einsatz dabei war und dich retten durfte. Ich bin außerdem froh, dass wir den Weg zueinander gefunden haben und für all die Ereignisse, die uns näher zusammengebracht haben!"

Er nahm meine Hände in die seinen und küsste sie sanft. „Du musst nichts darauf erwidern. Ich wollte nur, dass du das weißt."

„Logan", ich legte eine Hand an seine Wange, „Ich bin zutiefst gerührt und würde sehr gern das Gleiche sagen, denn in meinem Herzen ist nur noch Platz für dich. Ich kann es nur noch nicht aussprechen, da ich noch nicht so weit bei. Unsere Beziehung ist für mich noch so frisch."

„Sch, sch, sch, sag nichts mehr! Lass uns ein anderes Thema anschneiden. Möchtest du gerne nackt schwimmen gehen?" Seine Augen blitzten in der Dunkelheit und ein lausbübisches Grinsen legte sich auf sein Gesicht.

„Aber ... das ist doch verboten! Und du bist doch ein Gesetzeshüter!"

„Auch wir machen hin und wieder etwas Verbotenes, solange es keinen gefährdet. Na komm, gib dir einen Ruck!"

Er stand bereits und hielt mir seine Hand hin, damit ich besser aufstehen konnte. Ich blickte zu ihm hoch und ergriff sie. Wieso eigentlich nicht? Wir waren alleine hier und bis die Morgendämmerung einsetzte, würde noch ein wenig Zeit vergehen. Es konnte uns also keiner sehen.

In Windeseile hatten wir uns der Kleidung entledigt und waren im frischen Meerwasser. Ich bekam sofort Gänsehaut und alles zog sich zusammen. Wegen der Kälte ragten meine Brustwarzen steil in die Höhe.

„Ist dir denn so kalt?", neckte Logan mich, bevor er zu mir kam und mich in den Arm nahm.

„Ich könnte mir vorstellen, dass sich das gleich ändern wird." Ich legte meine Arme um seinen Hals und küsste ihn leicht. Logan hielt mich an den Hüften fest. Er intensivierte den Kuss, bis er mich schließlich hochhob, sodass ich meine Beine um ihn schlingen konnte. Wir hielten uns fest, ich krallte mich in seine Haare und unsere Körper fingen - trotz des kalten Wassers - an zu glühen. Eng umschlungen ging Logan mit mir wieder zurück zum Strand. Das registrierte ich erst, als er wir schon fast aus dem Wasser waren. Seine Hände hatte er jetzt unter meinen Po platziert; so trug er mich zurück zur Decke und legte mich dort behutsam ab. Seine Haare tropften mir etwas Wasser ins Gesicht und ich musste kichern.

Mein Körper reagierte auf jede kleinste seiner Berührung und ich stand total unter Strom. Wir waren hier an einem öffentlichen Strand, kurz vor der Morgendämmerung. Es fühlte sich verboten, aber gleichzeitig wunderbar an.

Ich fuhr mit meinen Fingern über seinen muskulösen nassen Rücken bis zu seinem Knackarsch und kniff sachte hinein. Logan umschloss inzwischen meine Brust und knetete diese. Ich bog mich ihm etwas entgegen, um mehr von seinen Liebkosungen zu bekommen, und ich wurde nicht enttäuscht.

Er setzte sich zwischen meine Beine, gut platziert vor meinem Becken, und hatte so beide Hände frei, um meine Brüste zu drücken und mit meinen Brustwarzen zu spielen. Ich schloss die Augen und genoss es, verwöhnt zu werden. Seine Hände wanderten seitlich weiter nach unten, streichelten mich überall und verweilten dann an der Innenseite meiner Oberschenkel.

Er hob mein rechts Bein an und quälte mich, indem er sich vom Knie bis zur Innenseite des Oberschenkels vor küsste. Dasselbe tat er mit dem anderen Bein. Ich war total erhitzt und hob ihm mein Becken noch mehr entgegen, da ich auch seine Lust, die bereits hart war, spüren konnte. Sein Schaft drückte sich an meinen Eingang, weshalb ich keuchte, meinen Rücken durchbog und mich in seinen Armen festkrallte. Ich konnte die Anspannung seines Bizepses spüren und Logans Atem auf meiner nassen Haut, der mir eine leichte Gänsehaus bereitete.

„Soll ich dich erlösen?", raunte mir Logan zu. Mit verschleiertem Blick nickte ich ihm zu und erkannte noch das funkelnde Verlagen in Logans Augen, bevor er mich noch mal quälte, indem er mit seinem Finger über meinen Kitzler strich und immer schneller wurde. Laut stöhnte ich auf und biss mir dann gleich auf die Lippen. Wir waren ja an einem öffentlichen Ort, da es sollte mich keiner hören.

Logan kam wie ein Raubtier über mich und legte meine Beine locker um seine Hüften. Dann konnte ich bereits seine Härte spüren. Langsam bahnte er sich seinen Weg in meine Mitte und ich hielt es vor Anspannung und Lust kaum noch aus. Ich zog ihn zu mir herunter, ließ meine Hände in seinen Haaren verschwinden und küsste ihn leidenschaftlich. Jeder Millimeter und jede noch so kleine Lücke zwischen uns sollte ausgefüllt sein. Logan war ein zärtlicher Liebhaber. Er hatte seinen eigenen Rhythmus, der nicht zu hart, aber auch nicht zu eintönig war. Wir bewegten unsere Hüften im Einklang und steigerten gemächlich das Tempo. Parallel wurde auch unser Verlangen aufeinander größer. Ich vergaß vollkommen, wo wir uns befanden. Meine Hände wanderten zu Logans Brust, der sich mit den Armen neben mir abstütze, um besser zustoßen zu können. Seine Brustmuskeln waren hart und arbeiteten unter meinen Händen. Es fühlte sich fantastisch an.

„Logan, schneller! Es ist gleich soweit und ich komme!" Lauter als beabsichtigt ließ ich meiner Lust freien Lauf und spürte bereits, wie sich die Wellen des Orgasmus einen unaufhaltsamen Weg an die Oberfläche bahnten. Meine Fingernägel bohrten sich in Logans Schulter. Dieser keuchte mit einem kehligen Laut auf, warf seinen Kopf in den Nacken und schrie seinen Orgasmus hinaus. Wir kamen zur gleichen Zeit, denn auch mein Höhepunkt war da und schlug über mir zusammen, zog mich in ein Meer aus Gefühlen hinab. Um mich herum war nichts außer angenehme Wärme und Glückseligkeit. Logan sackte auf mir zusammen und atmete genauso angestrengt wie ich. Ich hätte den Moment gern länger genossen, aber scheinbar setzte die Flut ein, denn plötzlich schwappte eine Welle zu uns und hüllte uns in kaltes Wasser.

Da ich unten lag, bekam ich natürlich mehr ab. Ich schrie überrascht auf und versuchte, Logan von mir herunterzuschieben.

Wir erhoben uns schnell und mussten erst mal herzhaft lachen. Dann nahm Logan mich wieder in den Arm, legte eine Hand an meine Wange und strahlte mich glücklich an.

„Du bist so wunderschön. Ich liebe deine Sommersprossen. Jeden einzelnen kleinen Punkt. Sie machen dich perfekt. Bitte verstecke sie nie wieder."

„Versprochen." Ich nahm seine Hand und hauchte ihm einen Kuss auf die Innenfläche.

„Lass uns gehen. Es beginnt, hell zu werden, und ich kann es mir nicht leisten, eine Straftat zu begehen."

Logan musste über sich selbst kichern. Wir suchten unsere Kleidung zusammen, nahmen die nasse Decke und rannten vergnügt zum Auto.

Ich dachte, Logan würde mich nach Hause bringen, stattdessen fuhr er zu sich.

„Aber ich hab doch keine Sachen bei dir! Ich muss erst zu Hause ein paar Klamotten holen." Ich redete auf ihn ein, doch Logan ließ sich nicht beirren.

„Henry hat mir geholfen und etwas für dich zum Anziehen besorgt." Argwöhnisch beäugte ich ihn. Mir kam diese Szene etwas merkwürdig vor, hatte Ben nicht so etwas Ähnliches gemacht?

„Was? Was ist? Hab ich etwas falsch gemacht?" Logan war verwirrt und leicht irritiert.

„Ich dachte, du freust dich. Ich wollte dich ein bisschen verwöhnen und dir eine Freude mich neuen Kleidern machen." Ich konnte noch kein Wort sagen, sah ihn nur immer noch misstrauisch von der Seite an.

Dann fiel bei ihm der Groschen.

„Ach so! Jetzt verstehe ich. Wirklich, ich bin kein Spinner! Ja gut, das würde ein Spinner auch sagen. Doch ich versichere dir, keiner zu sein. Ich wollte dir wirklich nur eine kleine Freude machen. Es hat nichts weiter zu bedeuten. Wenn du willst, können wir auch jederzeit zu dir nach Hause fahren. Du kannst mir vertrauen, wirklich!"

„Ist das so?" Meine Stimme war einen Tick zu kalt für mich und dafür, dass wir gerade Sex am Strand hatten.

„Hey, Regi! Ich bin es, Logan. Natürlich kannst du mir vertrauen. Ich hatte nicht nachgedacht, aber du kannst mich doch nicht mit so einem Verrückten vergleichen! Und du kannst auch nicht bei jeder ähnlichen Szene gleich das Vertrauen in dein Gegenüber, also in mich, verlieren. Du hattest doch bisher keinen Grund, an mir zu zweifeln, oder?"

Ich blickte nach unten auf meine Hände, denn ich kam mir total albern vor. Wie konnte ich nur solche Gedanken haben?

„Nein, natürlich nicht. Entschuldige. Ich komme sehr gern mit zu dir" sagte ich und legte ihm eine Hand auf den Oberschenkel.

„Schön, das freut mich." Er sah mich zufrieden an.

„Bin gespannt, was Henry für dich ausgesucht hat."

„Ich auch. Und vor allem freue ich mich auf alles Weitere, das noch folgen wird.

Es sollte das schönste Wochenende überhaupt werden.

Kapitel 15

Ben

Bis zu meiner Entlassung waren es noch rund sechs Monate. Mit äußert viel Geld und noch mehr Geduld, hatte ich es endlich geschafft, mir die Informationen zu besorgen, die ich benötigte.

Ich hatte Aurelies neuen Namen, ihre Adresse und wusste, dass sie mit George zusammenwohnte. Sie war mit Agent Devenport, ehemals Deputy Devenport, zusammen. Ich hasste jeden Einzelnen von Ihnen! Vor allem George, oder nun Henry, weil er uns immer im Weg stand. Ich konnte ihn nicht loswerden, und das brachte mich auf die Palme.

Agent Devenport war damals an meiner Verhaftung beteiligt gewesen und wohl in dem Zeugenschutzprogramm tätig, in das sie Aurelie gesteckt hatten.

Zeugenschutzprogramm, wenn ich das schon hörte! Lächerlich! Ich war harmlos. Ich liebte sie. Jetzt allerdings empfand ich nichts weiter als Hass. Ich wollte Regina, wie sie jetzt hieß, leiden sehen. Sie sollte so leiden, wie ich es die letzten fünf Jahre im Knast tat!

Glücklicherweise wohnte Howard nicht allzu weit von der Wohnanlage, in der sie mittlerweile lebte, weg. Es gab schon Zufälle. Ich hätte es nicht besser treffen können.

Natürlich wusste Howard nichts von meinen Plänen und meinem Vorhaben. Er würde mir sonst nicht mehr erlauben, bei ihm Fuß zu fassen. Ohne Wohnung, in der ich mich auf alles vorbereiten konnte, wäre es allerdings schwieriger und natürlich auch langwieriger für mich, an Regina ranzukommen.

All diese Gedanken machte ich mir am liebsten beim Sport. Sie trieben mich zu Höchstleistungen an und ich schaffte mehr Liegestütze, Klimmzüge und Kilos auf der Hantelstange als vorher. Ich war richtig aufgepumpt und genoss den Anblick im Spiegel.

In meinem Kopf legte ich mir eine Liste an Dingen zurecht, die ich in Freiheit benötigte. Sie war mittlerweile sehr lang. Trotzdem wiederholte ich sie ständig. Ich konnte sie nicht aufschreiben, es bestand ja immer die Gefahr, dass sie jemand finden würde, und das wäre schlecht für mich. Ich hatte nicht viele Auseinandersetzungen mit den Wärtern in den letzten Jahren, und das sollte auch so bleiben.

Der Tag meiner Entlassung rückte näher und so lenkte ich mich wieder mit Hanteltraining oder generell Sport ab. Meine Muskeln waren noch nie so wohl definiert gewesen und würden mir gut bei meiner Verkleidung helfen. Ich konzentrierte mich auf das Ziel, alles andere war uninteressant. Doch leider gab es da Ramon, der immer wieder versuchte, mir das Leben schwer zu machen.

Ich probierte, so gut es ging, ihm aus dem Weg zu gehen, oder seine horrenden Schutzgebühren zu bezahlen, aber musste auch so einiges einstecken.

Vor meinem inneren Auge hatte ich immer Aurelie in ihrem 50er Jahre Outfit vor mir und wie sie mich darin anstrahlte. Es würde nicht mehr lange dauern und sie würde mir gehören. Für immer! Dafür würde ich sorgen! Und diesmal kam mir keiner in die Quere. Sollte es jemand dennoch versuchen, würde ich nicht zimperlich sein.

Kapitel 16

Regina

In letzter Zeit wurde ich wieder häufiger von seltsamen Träumen geplagt, die fast als Albtraum gelten könnten, aber noch keine richtigen waren. Im ersten Moment, als diese anfingen, wusste ich überhaupt nicht, was der Auslöser dafür war, denn es ging mir hervorragend.

Es war eine Menge Zeit vergangen und Logan hatte mich total gesellschaftsfähig gemacht, sodass ich sogar wieder eine Arbeit annehmen konnte. Panikattacken hatte ich seit gut eineinhalb Jahren nicht mehr und auch sonst ging es mir blendend.

Und so kam es, dass ich mich an einem Montagmorgen fertig für die Arbeit machte. Ich zog mich also standesgemäß mit Bleistiftrock und Bluse an, um meinen Job am Empfang eines großen Innenausstatters anzutreten, nachdem ich eine kurze Einarbeitungszeit hatte und meine Kollegin nun wo anders arbeitete. Die Anstellung war toll, es waren insgesamt fünf Leute, die sich zu einem großen Büro zusammengeschlossen hatten und sich die Aufträge teilten oder sich gegenseitig unterstützten. Es gab jede Menge Kaffee und leider zu viele Donuts, aber die Stimmung war super und es gefiel mir dort sehr gut.

Das Büro lag ein paar Blocks unserer Wohnung entfernt, sodass ich mit dem Bus fahren musste, aber das störte mich mittlerweile nicht mehr.

Was mich allerdings sehr wohl nervte, war die Tatsache, dass Shauna inzwischen bei uns eingezogen war. Unser Verhältnis war ja noch nie das Beste gewesen, aber seit Henrys Unfall herrschte quasi Eiszeit zwischen uns. Ich ertrug es nur schwer, sie jeden Tag sehen zu müssen. Aber auf Logans Vorschlag, doch bei ihm einzuziehen, konnte ich mich noch nicht einlassen. Es fühlte sich noch nicht richtig an und ich hörte inzwischen auf mein Bauchgefühl.

Als ich an diesem Tag ein wenig Zeit für mich hatte, starrte ich den Kalender vor mir an. Irgendetwas an dem heutigen Datum schien mir seltsam, aber ich kam nicht drauf. Sofort wurde ich aus meinen Gedanken gerissen, als mein Chef, ein kleiner grauhaariger Mann, eine Kundenkarte wollte:

„Ich brauche die Kartei von Aurelie Sullivan. Bringen Sie sie mir doch bitte ins Büro."

Ich erstarrte und konnte Mr. Gibsen nur mit großen Augen ansehen.

„Wie haben Sie mich gerade genannt?", fragte ich mit zitternder Stimme.

„Regina, alles in Ordnung mit Ihnen? Sie sind ja auf einmal ganz blass! Setzen Sie sich doch. Soll ich einen Arzt holen?"

„Nein, ähm, es geht schon, danke. Ich dachte nur für einen Moment, Sie hätten mich Aurelie genannt. Das ist alles." Ich überspielte die Situation, ließ ihn jedoch nicht aus den Augen. Mein Herz raste.

„Ich habe Sie nicht Aurelie genannt. Ich wollte die Kartei von Aurelie Sullivan. Ich muss mir da noch ein paar Sachen ansehen, bevor ich ihr einen ersten Entwurf zeige. Ist wirklich alles okay mit Ihnen? Vielleicht sollten Sie eine halbe Stunde Pause machen und an die frische Luft gehen."

„Die Akte von Miss Sullivan? Das haben Sie zu mir gesagt? Ja, klar haben Sie das. Wieso sollten Sie mich auch

Aurelie nennen? Das wäre ja verrückt!" Ich wurschtelte in meinen Haaren und stotterte dümmlich rum, bis ich auf das Angebot der Pause zurückkam.

Es waren noch knapp drei Stunden bis Feierabend, aber ich hatte eine Vorahnung, warum mich die Situation gerade so aus der Fassung gebracht hatte. Doch um ganz sicher zu gehen, hätte ich nachsehen müssen, ob ich richtiglag.

Ich hatte zum Anfang meiner Beziehung mit Logan so lange auf ihn eingeredet, bis er in den Akten nach Bens Entlassungstag aus dem Gefängnis geschaut und ihn mir verraten hatte. Auch wenn es mir nicht wirklich bewusst war, hatte sich das Datum tief in mein Gedächtnis gebrannt. Jetzt war es an die Oberfläche gekommen.

Die restliche Arbeitszeit kroch wie eine lahme Schnecke dahin. So schnell wie heute war ich wohl noch nie zu Hause. Ich rannte ohne Rücksicht auf Verluste in mein Zimmer, kramte von ganz hinten aus meiner Schublade ein altes Notizheft hervor und begann zu blättern. Als ich die gesuchte Seite fand, musste ich mich auf mein Bett setzen, sonst wäre ich wohl gestolpert und hingefallen.

Es stimmte also! Mein Unterbewusstsein hatte mich darauf aufmerksam gemacht. Heute in genau sechs Monaten war Bens Entlassung. Ich starrte auf mein kleines Buch und wusste nicht recht, was ich als nächstes machen sollte. Sollte ich es wieder verdrängen? Schließlich waren es noch Monate, bis er freikam. Und dann? Er würde mich nicht finden, das hatte Logan mir versprochen. Also was kümmerte mich dieses blöde Datum? Ich packte das Notizbuch wieder zurück an seinen Platz und ging in die Küche. Vollkommen in Gedanken versunken, hörte ich nicht, dass Shauna auch bereits zu Hause war. Ich erschrak, als sie plötzlich hinter mir in der Küche stand, und ließ mein volles Glas Milch fallen, das ich mir gerade eingegossen hatte.

„Himmel, Shauna! Musst du dich so anschleichen? Jetzt sieh dir die Sauerei an!"

„Ich putz das ganz sicher nicht weg! Ist nicht meine Schuld, wenn du so schreckhaft bist. Ich bin ganz normal zur Tür rein wie sonst auch", gab sie in leicht genervtem Ton zurück. Schnippisch fuchtelte sie mit ihrem Finger in der Luft rum und ging dann an mir vorbei in Henrys Zimmer. Kurz darauf musste ich ihren Anblick schon wieder ertragen, als sie, nur mit einem Handtuch bekleidet, auf dem Weg ins Bad war.

Den restlichen Abend verbrachte ich wie ferngesteuert. Ich war in Gedanken versunken, obwohl ich nicht wirklich an etwas dachte. Als Logan später vorbeikam, bemerkte er ziemlich schnell, dass etwas nicht stimmte. Wir saßen im Wohnzimmer auf der Couch, als er mich ansprach:

„Logan an Regi. Hallo, jemand zu Hause?" fragte er und fixierte mich mit aufmerksamen Blick.

Ich schüttelte den Kopf, blinzelte ein paar Mal und sah ihm in die Augen.

„Entschuldige, was hast du gesagt?"

„Was ist denn heute mit dir los? Du bist die ganze Zeit schon so geistesabwesend."

„Es ist nichts. Nur … Ach nichts. Wirklich." Ich konnte den Blick nicht länger aufrechterhalten und schaute zu Boden.

„Regina, irgendwas beschäftigt dich, das sehe ich dir doch an. Ich bin ab und zu vielleicht blöd, aber nicht blind!" Logan hob mit seinem Zeigefinger mein Kinn an, sodass ich ihn ansehen musste. In seinem Blick stand Neugierde und Besorgnis.

„Na ja, weißt du denn nicht, was heute für ein Tag ist?", versuchte ich mich aus der Affäre zu ziehen. Wenn er von selbst draufkam, dann wäre das besser.

„Es ist Montag. Da bin ich mir ziemlich sicher."

„Das meine ich nicht."

„Was meinst du dann? Jetzt sag schon! Sonst muss ich dich mit Schlagsahne foltern." Logan nahm mich spielerisch in den Schwitzkasten und ich musste lachen, wurde aber gleich darauf wieder ernst.

„Heute in einem halben Jahr wird Ben entlassen." Schuldbewusst biss ich mir auf die Unterlippe und blickte Logan von unten herauf an.

„Nicht schon wieder dieses Thema! Können wir das nicht endlich vergessen? Ich wusste, ich hätte dir dieses Datum nie nennen dürfen! Gott, ich war ein solcher Schwachkopf und du hattest mich längst um den Finger gewickelt! Was war diesmal der Auslöser?", wollte er jetzt wissen.

„Wir haben eine Kundin, deren Vorname Aurelie ist. Ich dachte im ersten Moment, mein Boss hätte mich mit dem Namen angesprochen, und bekam leichte Kreislaufprobleme."

„Aurelie gibt es nicht mehr! Sie musste vor knapp fünf Jahren von uns gehen und wird auch nicht wiederkommen! Sieh es doch einfach so, als wäre sie gestorben. Geht es dir damit nicht besser?"

Logan wischte sich mit beiden Händen über das Gesicht und dann über die Haare.

„Lässt du dir endlich eine anständige Frisur schneiden? Nein? Dann ist das andere Thema auch nicht vom Tisch! Und nein, es geht mir nicht besser, wenn ich so tue, als wäre meine Vergangenheit gestorben!" Jetzt wurde ich wieder trotzig und verschränkte die Arme vor der Brust.

„Also, wenn es tatsächlich so einfach wäre, das Thema *Ben* zu begraben, wäre ich bereits vor über einem Jahr zum Frisör gegangen! Glaub mir, aber meine Haare ändern rein gar nichts an deinen Gedanken." Er tippte mir mit dem Zeigefinger gegen die Stirn, stand auf und seufzte tief und lange. Ich konnte es ihm nicht verübeln, wir hatten dieses Gespräch schon zu oft geführt, aber ich konnte einfach nicht loslassen. Ich schaffte es nicht.

„Ich sage es dir jetzt zum hundertsten Mal: Ben wird dich nicht finden! Und sollte es Widererwarten doch so kommen, dann hast du mich an deiner Seite. Ich werde dich beschützen, egal was oder wer da kommen mag. Bitte glaub mir, ich lasse nicht zu, dass dir jemand weh tut. Regi, bitte, lass es gut sein!"

Und wie immer sah ich ihn an und nickte. Doch innerlich packte mich eine Hand aus Eis am Herzen und hielt es fest in seinem Griff.

Der Abend verlief, trotz der Störung, ruhig. Und wie immer nach so einem Gespräch mit Logan, tat ich so, als wäre nichts gewesen. Ich gab vor, das Datum aus meinen Gedanken zu verdrängen, was ich aber nicht konnte. Als ich an diesem Abend mit Logan schlief, spielte ich ihm einen Orgasmus vor - wie immer, wenn wir so ein Gespräch hatten.

Ich wusste nicht, ob er den Unterschied zwischen echt und vorgetäuscht erkannte, darüber reden tat jedenfalls keiner von uns. Auch die nächsten Tage beschäftigte mich das Thema weiterhin, doch dann schaffte ich es wieder, die Gedanken in meinem Kopf in die alte Schublade zu packen und diese abzusperren.

Die nächsten drei Wochen waren wieder völlig normal und ich war zu abgelenkt, um an Ben und seine bevorstehende Entlassung denken zu können.

Doch dann war wieder einmal Dienstag der 18.

Ich machte mir morgens wie immer einen Kaffee, der diesmal aber nicht in meinem Mund landete, sondern auf meiner neuen Hose.

„Scheiße!", rief ich lautstark und weckte somit alle anderen in der Wohnung auf. Logan, der später anfangen konnte, kam schlaftrunken aus meinem Zimmer.

„Guten Morgen, Honey. Was ist denn los? Was schreist du hier so rum?"

Er wollte mich gerade umarmen, als er den großen braunen Fleck auf meiner neuen beigen Hose sah.

„Oh, verstehe. Da ging wohl etwas daneben." Er gluckste leise.

„Das ist nicht witzig! Jetzt muss ich mich wieder umziehen. Doch dann verpasse ich den Bus. Was heißt, ich komme zu spät, und das wiederum verärgert meinen Boss." Ich schlug ihm mit der Hand auf die nackte Schulter. Meine Stimmung war am Boden, und so konnte ich auch seinen nackten, nur mit Boxershorts bekleideten Anblick nicht genießen.

„Halb so wild, dann fahre ich dich eben zur Arbeit. Es macht mir nichts aus, früher anzufangen."

„Sicher? Ich meine, du könntest dich ja wieder hinlegen. Du musst das nicht tun."

„Na, komm schon her", Logan zog mich in seine starken Arme und gab mir einen langen, liebevollen Kuss.

„Ich fahre dich gern, wohin du willst", säuselte er mir ins Ohr.

Ich legte meinen Kopf an seine Schulter, betört von seinem Duft. Ich wäre gern noch ewig so dagestanden, doch mein Blick fiel auf die Wanduhr, die mich anbrüllte, Gas zu geben.

„Oje, auf, auf! Wir müssen los! Aber vorher brauche eine andere Hose."

Ich gab Logan einen Klaps auf die Brust und rannte wie ein aufgescheuchtes Huhn zurück in mein Zimmer. Unterwegs war es nicht viel besser, als in unserer Küche: Es gab einen Unfall und der Stau schien endlos zu sein. Ich blickte immer wieder nervös auf meine Uhr, denn ich wollte nicht zu spät kommen.

„Wir schaffen das! Vertrau mir, ich kenne eine Abkürzung. Ich muss nur bis zur Seitenstraße da vorne kommen." Logan drückte kurz mein Knie. Im nächsten Moment konnten wir auch schon abbiegen.

Fünf Minuten vor Arbeitsbeginn waren wir am Ziel.

„Danke. Ohne dich hätte ich es nicht rechtzeitig geschafft! Wir sehen uns dann heute Abend? Ich liebe dich." Ich gab ihm einen Abschiedskuss und hörte ihn beim Aussteigen sagen: „Ich liebe dich auch. Bis heute Abend."

Ich würde mir etwas einfallen lassen müssen, um ihm zu danken. Vielleicht neue Unterwäsche, die er mir ausziehen könnte? Handschellen waren zu klischeehaft für jemanden der für das Gesetz arbeitete.

Keine zwei Minuten, als ich hinter dem Empfang stand, kam auch schon mein Boss, um mich zu begrüßen.

„Ah, Regina. Sie sind jeden Tag eine wahre Augenweide. Könnten Sie mir bitte die Aufzeichnungen von Mr. Weckner geben? Während des Termins mit ihm, möchte ich nicht gestört werden."

„Sicher, Mr. Gibsen. Hier sind die Aufzeichnungen. Möchten Sie vielleicht einen Kaffee haben?"

„Das wäre wirklich fantastisch, Regina. Wie immer, ja?"

„Aber natürlich. Mit Milch, aber kein Zucker." Ich tat so, als würde ich mit zwei Fingern salutieren und ging in unsere Büroküche. Mr. Weckner hatte ich bisher nur am Telefon gehört. Er hatte eine sehr sympathische Stimme und ich war schon gespannt, wie er wohl aussah.

Der Termin war erst um 10:00 Uhr, was mir also noch genug Zeit verschaffte, den Konferenzraum herzurichten.

Als ich fertig war und an der Anmeldung gerade einen Schluck Wasser trinken wollte, kam auch schon Mr. Weckner. Oder zumindest dachte ich das, als ich hörte, wie die Tür aufging und jemand eintrat.

Mit dem Rücken zur eintretenden Person sagte ich schnell: „Einen Moment bitte, ich bin sofort für Sie da."

Dann trank ich kurz und drehte mich dabei um. Ich wollte das Glas noch wegstellen, aber dazu kam ich nicht mehr, denn es glitt mir unvermittelt aus der Hand und zerbrach in tausend Scherben.

Ich erstarrte und wurde vermutlich auch kreidebleich, denn ich hörte jemanden fragen: „Miss? Alles in Ordnung mit Ihnen? Miss? Oh Gott, ich glaube, sie hat einen Herzinfarkt! Hört mich jemand? Ich brauche Hilfe!"

„Das kann nicht sein ... Du wurdest noch nicht entlassen! Dein Termin ist erst in ein paar Monaten!" Ich flüsterte und starrte den Mann vor mir an. Es war Ben!

„Regina? Was ist denn hier los? Um Gottes willen! Haben Sie einen Geist gesehen?"

Mr. Gibsen war mal wieder freundlich wie eh und je. Ich zeigte auf seinen Besuch und konnte nur stottern.

„Das ... das ist nicht Mr. Weckner!"

„Also jetzt reicht es aber! Natürlich ist er das! Reißen Sie sich zusammen und machen Sie hier sauber! Kommen

Sie, Mr. Weckner, ich habe die Entwürfe bereits im Konferenzraum. Hier entlang bitte."

„Aber vielleicht sollten wir doch einen Arzt rufen?" fragte dieser besorgt. Mein Chef bedachte mich jedoch mit einem bitterbösen Blick und verschwand dann mit dem vermeintlichen Ben im Konferenzraum.

Das konnte alles nicht wahr sein! Ich setzte mich erst mal auf den Boden, steckte den Kopf zwischen die Knie und versuchte, nicht zu hyperventilieren.

Ich musste hier raus! So viel stand fest, aber wenn ich nicht sauber machte, könnte ich vielleicht gefeuert werden. Meine Gedanken drehten sich im Kreis. Ich konnte keinen klaren fassen und so wischte ich die Scherben nur kurz auf einen Haufen, die Putzfrau würde sie schon wegwerfen. Dann packte ich meine Tasche sowie meine Jacke und machte mich aus dem Staub.

Was tust du denn da? Das wäre die Gelegenheit gewesen, ihm gleich eine mit zu geben und ihm deine Künste in Selbstverteidigung zu zeigen! Betty war wieder kampfbereit und wollte es Ben so richtig geben.

Ich allerdings wurde immer panischer, wusste nicht wohin ich sollte, denn in meinem Kopf war nur ein Gedanke: Er hat mich gefunden!

Ich wusste nicht, wie ich es geschafft hatte, aber ich landete in Dr. Millers Praxis. Völlig hysterisch stand ich an der Anmeldung und wiederholte immer wieder: „Er hat mich gefunden!"

Als meine ehemalige Therapeutin das Theater hörte, kam sie sofort aus ihrem Behandlungsraum zu mir.

„Aber, aber, Regina. Was ist denn los? Sie sind ja völlig aufgelöst. Das hatten wir ja seit Jahren nicht mehr. Jetzt beruhigen Sie sich erst einmal und dann sehen wir, was wir machen können." Sie schob mich behutsam in Richtung eines anderen Zimmers, setzte mich dort auf einen Stuhl und gab mir etwas zu trinken.

„Ich bin sofort für Sie da. Ich muss mich nur noch kurz um eine andere Patientin kümmern. Bin gleich wieder da!"

Ich hörte, wie sie ihrer Assistentin an der Anmeldung auftrug, den kommenden Termin abzusagen, und wie sie dann in den ersten Behandlungsraum ging. Ich konnte nicht sagen, wie lange es dauerte, bis sie wieder bei mir war. Es kam mir jedoch wie eine Ewigkeit vor, in der ich weiter durchdrehte.

„Hier bin ich schon wieder", meldete sich Dr. Miller, trat schwungvoll durch die Tür und setzte sich fröhlich mir gegenüber.

„Und jetzt erzählen Sie mal, was sie so aufgeschreckt hat." Sie schlug die Beine übereinander, faltete die Hände über dem Knie und schaute mich erwartungsvoll an.

„Ich … er … darf nicht sein! Noch nicht entlassen …", stammelte ich vor mich hin. Dann sprang ich auf und wanderte wie ein ruheloser Tiger auf und ab.

„Heute kam Ben in meine Arbeit!", platzte es aus mir heraus.

„Was?" Dr. Millers Gesichtsausdruck wurde ernster und sie lehnte sich leicht nach vorne.

„Sind Sie sicher? Denn wenn das so ist, dann müssen wir umgehend die Polizei einschalten!"

„Ja! Nein. Ich meine … Ja er sah aus wie Ben. Aber das kann nicht sein! Seine Entlassung ist erst in ein paar Monaten."

„Ah, ok. Ich verstehe. Es kam also jemand in Ihre Arbeit, der so ähnlich wie Ben aussah, aber nicht Ben war."

Meine Therapeutin entspannte sich wieder etwas und sah mich mit prüfenden Augen an.

„Was?", kreischte ich jetzt. „Jetzt halten Sie mich also für eine Spinnerin? Na klasse!" Ich warf meine Arme in die Luft und lief schneller auf und ab.

„Das tue ich ganz sicher nicht. Ich kenne Ihre Geschichte und möchte keine voreiligen Schlüsse ziehen. Ich gebe Ihnen jetzt ein Valium, damit Sie etwas runter kommen können, und dann erzählen Sie mir von diesem Mann. Wie hieß er gleich noch mal?"

Dr. Miller stand auf und gab mir die Tablette. Es dauerte etwas, bis die Wirkung einsetzte und inzwischen beschrieb ich ihr Mr. Weckner.

„Er nennt sich Howard Weckner. Er ist genauso groß wie Ben. Scheint eine sportliche Figur unter dem Anzug zu haben, was ja auch auf Ben passt. Er hat die gleiche Statur und sieht ihm zum Verwechseln ähnlich. Er hat allerdings braune Haare und grün-bräunliche Augen, soweit ich das in meinem Schock feststellen konnte. Aber Haare kann man färben und für die Augen kann man Kontaktlinsen verwenden. Ich bin mir sicher, dass er es war!"

„Jetzt setzen Sie sich doch erst einmal hin. Ich fasse zusammen: Gleiche Statur und Größe wie Ben, aber andere Haare und Augen. Es gibt Menschengruppen, die sich sehr ähneln, ohne miteinander verwandt zu sein. Sie sagen, Bens Entlassung ist erst in ein paar Monaten? Wie kommen Sie dann darauf, dass er jetzt schon frei sein könnte?"

„Er war es, er muss es gewesen sein! Das gibt es doch nicht, ich dreh hier gleich durch!"

„Wo ist sie?", hörte ich plötzlich die Logans Stimme durch die Tür.

„Behandlungszimmer Nummer eins. Sie können gleich hineingehen", antwortete die Assistentin am Empfang.

„Sie haben Logan angerufen? Wann bitte war das denn? Und warum?"

„Natürlich habe ich Agent Devenport angerufen. Er ist Ihre Kontaktperson in solchen Fällen. Haben Sie das schon vergessen?" Dr. Miller stand ruhig und professionell von ihrem Stuhl auf und wollte gerade die Tür öffnen, als auch schon mein Freund hereingestürmt kam.

„Regi, ist alles in Ordnung bei dir? Fehlt dir etwas?" Logan war aufgebracht und rannte gleich zu mir, nahm mich in den Arm und betrachtete mich dann mit kritischem Blick.

„Agent Devenport, ich grüße Sie." Dr. Miller kam zu uns und streckte meinem Freund die Hand entgegen.

Dieser nahm und schüttelte sie, legte jedoch gleich wieder los: „Dr. Miller, was ist passiert? Warum haben sie mich angerufen? Geht es Regina gut?"

„Halloho. Ich stehe direkt vor dir! Natürlich geht es mir gut!" Ich verschränkte gekränkt die Arme vor der Brust.

„Agent Devenport, ich hatte Sie kontaktiert, da Regina glaubte, Ben gesehen zu haben, und einen kleinen Nervenzusammenbruch erlitt. Sie sind ja ihre Kontaktperson."

„Du hast was? Das ist unmöglich, Ben wird erst in ein paar Monaten entlassen. Er kommt nicht vorzeitig raus!" Verwirrt schaute Logan mich an.

Ich schaute beschämt zu Boden, war mir aber dennoch sicher, Ben vor mir gesehen zu haben.

„Er war es, Logan! Ich bin mir ganz sicher!"

„Jetzt erzähl mal von vorne, dann sehen wir weiter. In Ordnung? Und wenn es nicht Ben war, dann kommst du mit nach Hause und ruhst dich etwas aus. Vielleicht überfordert die Arbeit dich ja?"

„Was? Nein! Meine Arbeit ist toll! Und es liegt nicht daran", trotzig ging ich in Richtung Fenster, holte tief Luft und erzählte meine Geschichte noch mal von Anfang an.

Logan hörte sich alles an, ohne ein einziges Wort zu sagen. Dann überlegte er und seine Gesichtszüge wurden weicher.

„Hattest du denn das Gefühl, dass dich dein Gegenüber kennt? Oder besser gesagt, erkennt? Hast du ein Aufblitzen in seinen Augen gesehen oder irgendeine andere Reaktion, die darauf schließen lässt, dass er dich erkannt hat?"

„Ich, ähm, nein. Ich denke nicht." Ich ließ die Schultern hängen und wagte es nicht, Logan anzusehen.

„Und weißt du, warum er dich nicht erkannt hat? Weil es nicht Ben war! Glaub mir, er sitzt noch im Gefängnis!"

„Aber ... aber ..."

„Nichts aber! Komm her, Liebling. Wir gehen jetzt nach Hause und du legst dich erst einmal hin und schläfst ein bisschen. In der Arbeit ist es heute ziemlich ruhig, da kann ich schon mal früher Schluss machen."

Ich kuschelte mich in seinen Arm und konnte nicht glauben, dass ich solche Hirngespinste haben sollte. Aber alles, was Logan und Dr. Miller gesagt hatten, klang ziemlich logisch. Obwohl ich mir sicher war, Ben gesehen zu haben. Davon war ich überzeugt.

Logan brachte mich nach Hause und ließ mir ein Bad zur Entspannung und Beruhigung ein. Das Medikament von Dr. Miller wirkte sehr gut und dennoch musste ich Logan um einen Gefallen bitten.

„Schatz, du kannst doch in alte Akten einsehen?"

„Oh nein! Nein, nein, nein, nein! Ich weiß genau, was jetzt kommt, und die Antwort, falls du es noch nicht mitbekommen hast, ist nein!"

„Biiitteeee! Du sollst doch nur schauen, ob Ben wirklich noch nicht entlassen wurde. Und dann gebe ich auch Ruhe. Versprochen!" Ich faltete die Hände und flehte ihn mit dem typischen weiblichen Charme an.

„Regina, ich könnte wirklich großen Ärger bekommen, wenn ich noch mal in die Akte sehen möchte. Willst du das?" Er rieb mit der Hand meinen Arm entlang und schaute mich beschwörend und liebevoll an

„Nein, natürlich nicht", gab ich kleinlaut zu, senkte den Kopf und bemerkte, dass Logan sich leicht entspannte. Aha, er dachte, er hätte bereits gewonnen. Aber nicht mit mir!

„Doch wenn du es nicht tust, gehe ich dir die ganze Zeit damit auf die Nerven und muss wieder zu Dr. Miller gehen und ..."

„Das darf doch wohl nicht wahr sein! Du machst mich wahnsinnig, Weib!" Logan fuhr sich über die Haare und das Gesicht und knickte dann wie meistens ein. Er konnte meinen großen, traurigen Augen und meinen aussagekräftigen Argumenten einfach nichts abschlagen.

„Danke, danke, danke!" Ich fiel ihm um den Hals und drückte ihn fest an mich.

„Genau dafür liebe ich dich, weil ich mich einfach auf dich verlassen kann", hauchte ich ihm ins Ohr und gab ihm einen Kuss auf die Wange.

„Ja, ja, schon gut. Ich liebe dich auch", grummelte er gespielt vor sich hin. Er wusste nur zu genau, dass ich ihn voll um den kleinen Finger gewickelt hatte, und das passte ihm überhaupt nicht. Ich allerdings fand das super, sagte das aber natürlich nicht.

Kapitel 17

Nachdem ich mich einen Tag krankgemeldet hatte, um mich von meinem Schock zu erholen, und Logan mir gefühlte 50.000 Mal versichert hatte, dass Ben noch nicht entlassen war, kehrte ich am Montag mit einem mulmigen Gefühl an meinem Arbeitsplatz zurück.

Was würde mein Chef gleich zu mir sagen? War Mr. Weckner noch unser Kunde? Würde ich ihn womöglich heute gleich wiedersehen? Fragen über Fragen schossen durch meinen Kopf und ließen mich nicht zur Ruhe kommen.

„Regina! Schön, dass es Ihnen wieder besser geht. Ohne Sie sind wir hier total aufgeschmissen", begrüßte mich Mr. Gibsen gut gelaunt.

Gut gelaunt? Er war noch nie gut gelaunt, hier musste etwas nicht stimmen, oder er hatte gerade ein extrem gutes Geschäft abgeschlossen.

„Mr. Gibsen, guten Morgen. Hören Sie, ich wollte mich noch entschuldigen für mein schnelles Verschwinden letzte Woche. Das wird nicht wieder vorkommen. Ich verspreche es."

„Oh, lassen Sie es gut sein. Allerdings muss ich Ihnen auch sagen, sollte es noch mal vorkommen, brauchen Sie nicht mehr zurückkommen. Dann werden Sie hier nämlich nicht mehr arbeiten." Mein Chef sah mich nun aus entschlossenen Augen an und wartete auf meine Reaktion.

Ich schluckte hart. „Natürlich, Sir. Ich habe verstanden." Eingeschüchtert ging um den Empfangsbereich herum.

„Na, na, nun gucken Sie doch nicht so traurig aus der Wäsche. Sie haben ja nicht vor, gleich heute wieder zu verschwinden, oder? Heute wird gefeiert, denn ich habe einen guten Deal mit Mr. Weckner abgeschlossen. Holen Sie den Sekt aus dem Kühlschrank." Er war bereits auf dem Weg zu seinem Büro, als er mir das zurief.

Also doch ein gutes Geschäft. Ausgerechnet mit Mr. Weckner. Hoffentlich kam er heute nicht vorbei, ich würde ihn bestimmt permanent anstarren.

Zum Glück blieb mir das erspart und ich konnte meinen Tag ohne Zwischenfälle überstehen.

Logan wartete zu Hause bereits auf mich.

„Hey, meine Süße! Hol dir schnell ein paar Klamotten. Heute fahren wir zu mir."

„Was? Wieso? Hab ich irgendwas verpasst?", fragte ich verwirrt. Dann begrüßte ich ihn lachend mit einem zarten Kuss und stellte meine Tasche ab.

„Regina, du bist schon zu Hause? Wie war dein Tag heute? Ist etwas Seltsames vorgefallen?"

„Hey, Henry. Nein. Warum, sollte es? Leute, was ist hier los?" Ich sah von Logan zu Henry und wieder zurück. Hier stimmte doch etwas nicht.

„Es ist nichts. Ehrlich. Ich wollte dich heute einfach nur für mich haben!" Logan zu mich fest an sich und schlang seine Arme um mich. Ah, darum ging es ihm also. Er wollte ungestört sein, da unsere Wände hier alles andere als dick waren und wir unter Henrys und Shaunas Liebesspiel immer leiden mussten. Weder Henry noch Logan verstanden, warum wir nicht schon lange zusammengezogen waren. Mir selbst kam der Gedanke zwar auch schon des Öfteren, doch ich ging ihm nicht weiter nach. Mir gefiel es, hier mit Henry zusammenzuwohnen, und ich kam super mit den anderen Bewohnern der Anlage aus.

Ich wohnte fast neben dem Pier, besser konnte es doch gar nicht sein. Henry gab mir ein Stück Heimat. Da ich keinen Kontakt zu meinen Eltern haben durfte, war er das Letzte, das ich von meinem alten Leben noch hatte, und das wollte ich nicht unüberlegt verlassen. Die Hauptsache war, dass ich mich hier wohlfühlte.

„Okay, warte kurz, dann hab ich meine Sachen gepackt", fröhlich hüpfte ich zu meinem Zimmer und wurde in meinem Schwung jäh von Shauna unterbrochen, die aus dem Badezimmer kam.

„Oh, hallo, Regina." Wie immer kam die Begrüßung wenig herzlich und von oben herab.

„Hi, Shauna, und bye, Shauna. Ich bin so gut wie weg und du hast Henry für dich alleine."

Sogleich hellte sich ihre Miene auf und sie beeilte sich, zu ihrem Liebsten zu kommen.

„Ist das wahr? Wir sind heute alleine? Das ist ja großartig! Hallo, Logan. Entschuldige, ich hab dich gar nicht gesehen." Shaunas Stimmung hellte sich gleich auf und sie summte vergnügt vor sich hin, während sie in Henrys Zimmer verschwand. Ich bekam es nur noch halb mit, denn auch ich war bereits in meinem und packte meine Tasche.

„Ich bin dann bereit für den Auszug!" Als ich wieder zurück in die Küche kam, wo sich Logan angeregt mit Henry über irgendein Basketballspiel unterhielt, wollte ich einen kleinen Scherz machen. Beide machten große Augen und Logan ein hocherfreutes Gesicht. Ich musste über meinen etwas gemeinen Streich lachen, als ich ihm mitteilte: „Aber noch ist es nicht soweit."

„Oh du!! Mach das ja nicht noch mal, ich dachte schon du meinst das im Ernst. Das hätte mich sicher aus den Latschen geworfen." Logan kam zu mir, drückte mir einen Kuss auf die Nase und hielt meine Hände hinter meinem Rücken fest, bevor er anfing mich zu kitzeln.

„Ah, lass das. Hilfe!" Ich kicherte und quietschte und versuchte, mich aus seinem Griff zu befreien. Henry schaute uns nur amüsiert zu und Shauna steckte den Kopf kurz aus Henrys Zimmer und verdrehte nur die Augen.

„Leistest du etwa Widerstand gegen die Staatsgewalt? Oh, das wird dich teuer zu stehen kommen. Aber erst später", flüsterte er mir verführerisch ins Ohr.

„Oh, Agent. Du schlimmer Finger!" Ich warf ihm einen entzückten Blick zu, ging dann zu Henry, um mich zu verabschieden und rief Shauna nur ein kurzes „Bye Shauna" zu.

Logan klatschte Henry ab und schon waren wir zur Tür hinaus.

„Wir müssten nur kurz noch etwas zum Abendessen einkaufen, außer du möchtest etwas bestellen?", fragte Logan.

„Nein, wir können schon kochen. Ich hätte mal wieder Lust auf selbstgemachte Chicken Wings oder vielleicht ein Hähnchen nach griechischer Art? Was meinst du?"

„Gegen dein griechisches Hähnchen hätte ich nichts einzuwenden." Er grinste mich von der Seite an und steuerte das Auto zum Supermarkt.

Als wir alles hatten und bei Logan waren, sah ich, dass er bereits für unseren Abend ein paar Dinge hergerichtet hatte. So waren im Gang Rosenblätter verteilt und Kerzen für die gemütlichen Stunden aufgestellt. Bei diesem Anblick überkam mich ein Gefühl der Geborgenheit.

Er umarmte mich von hinten und hauchte mir einen Kuss auf die Wange, ehe er an mir vorbeiging und die Einkäufe in die Küche brachte.

Wir machten uns das Radio an, denn mit Musik ging auch das Kochen wesentlich leichter von der Hand, und Logan half mir beim Schneiden der Zutaten. Wir lachten und amüsierten uns prächtig, bis im Radio ein Song lief, den ich mit Ben sehr oft gehört hatte. Schlagartig war meine Stimmung im Keller. Ich stürzte auf das Radio zu und schaltete es aus. Logan sah mich verwirrt an. In die drückende Stille, die mit einem Mal herrschte, fragte er:

„Was ist denn jetzt? Der Song war doch gut."

„Ja, ähm …"

„Oh, nein! Du kommst mir jetzt nicht schon wieder mit Ben!" Logan wurde sauer, legte das Messer zur Seite und stützte sich mit beiden Händen am Tresen ab.

„Ich kann doch auch nichts dafür."

„Wie sollen wir jemals glücklich werden, wenn Ben immer zwischen uns steht. Ich verstehe, dass es bestimmte Auslöser gibt, die dich an ihn erinnern, aber das sollte kein Thema mehr sein! Du hast eine gefühlte Ewigkeit eine Therapie gemacht und durch diesen Mr. Weckner ist nun alles wieder im Eimer. War alles für die Katz? Das kann doch nicht dein Ernst sein!"

Logan wurde fuchsteufelswild. Ich konnte ihn verstehen, das Thema nervte extrem und seit Mr. Weckner in mein Leben getreten war, wurde es noch schlimmer. Ich konnte an fast nichts anderes mehr, als an Ben und seine Entlassung denken. Ich versuchte es, so gut es ging, vor Logan zu verheimlichen; jedoch gelang es mir eben nicht immer. Wie auch in der jetzigen Situation.

„Verstehst du denn nicht, dass ich dich immer beschützen werde?" Logan hielt mich an den Armen fest. „Ich würde alles für dich tun. Ben wird dich nicht finden oder dich mir wegnehmen. Versteh es doch bitte endlich!" Seine Stimme wurde zu einem Flehen und sein Gesichtsausdruck war gequält. Er versuchte mit allen Mitteln, mich davon zu überzeugen, doch es gelang ihm nicht gänzlich.

„Ich weiß, ich kann es nicht abstellen. Es tut mir leid, es soll uns jetzt aber nicht den Abend verderben."

„Das hat es bereits." Logan ließ die Schultern hängen und ging aus der Küche.

Ich wischte mir eine Träne von der Wange und unterdrückte ein Schluchzen. Tapfer, wie ich sein wollte, kochte ich unser Essen alleine fertig.

Auch als wir gemeinsam unser Abendessen genießen wollten, herrschte betretene Stille. Ich wusste nicht, was ich sagen sollte, und so schwieg ich einfach. Logan schien es ähnlich zu gehen. Er sah verbissen auf seinen Teller, und ich bemerkte wie seine Kiefermuskeln mahlten, was darauf deutete, dass er gestresst war.

Erst als wir uns auf die Couch fallen ließen, um eine Komödie zu sehen, brachte Logan es fertig, mich wieder in den Arm zu nehmen und mich fest an sich zu drücken. Ich kuschelte mich mit dem Rücken an ihn, nahm seine Hand und küsste sie.

„Es tut mir leid. Ich wollte nicht überreagieren. Natürlich kann ich mir nicht mal annähernd vorstellen, wie das Ganze für dich sein muss. Entschuldige."

„Alles gut. Ich liebe dich! Alles andere ist egal. Ich hoffe, du weißt das." Meinen Kopf zu ihm gedreht, küsste ihn kurz. Als ich wieder zum Fernseher schauen wollte, hielt Logan mein Gesicht fest und blickte er mir tief in die Augen. Ich sah Schmerz, Verlangen und einen Hauch Verzweiflung darin, aber das Wichtigste: Liebe.

Er fuhr mit seinem Finger meine Wange entlang zu meinem Kinn, hob es etwas hoch und knabberte an meiner Unterlippe. Seine zweite Hand streichelte meinen

Bauch, was mir einen warmen Schauer bereitete. Seine Zunge fuhr über meinen geöffneten Mund, bevor sie sachte nach einem Spielgefährten suchte. Er hielt meinen Kopf an Ort und Stelle, sodass ich mich ganz auf ihn einließ. Ich wusste, dass das alles auf Versöhnungssex hinauslief und es war mir nur Recht. Ich wollte keinen Gedanken mehr an Ben verschwenden, sondern mich einfach nur in Logan verlieren.

Da ich zwischen seinen Beinen saß, konnte ich an meinem Rücken seine erwachende, pochende Männlichkeit spüren. Auch in meinem Unterleib fing es an zu pulsieren und die bekannte Hitze breitete sich überall aus.

Ich fuhr mit meinen Händen seine Oberschenkel entlang und krallte mich ab und zu fest, wenn unser Zungenspiel zu intensiv wurde. Unser Atem ging schneller und ich versuchte, mich zu ihm umzudrehen, damit ich ihn besser küssen konnte, doch Logan wollte mich so haben, wie ich war.

Seine großen, starken Hände, die sehr zärtlich sein konnten, gingen auf Wanderschaft. Ich legte meinen Kopf auf seine Schulter und genoss seine Liebkosungen.

Seine Finger fuhren geschickt unter meinen Pullover und massierten gekonnt meine Brüste. Meine Brustwarten zogen sich zusammen und stellten sich unter seinen Berührungen auf. Seine Daumen neckten sie etwas mehr, sodass sie sich noch weiter aufrichteten. Seine Zähne knabberte währenddessen an meinem Ohrläppchen, was mir eine wohlige Gänsehaut bescherte. Er küsste sich weiter hinunter zu meinem Hals und meiner Schulter. Ich wand mich unter seinen Zärtlichkeiten und rieb mich an seiner Erektion in meinem Rücken. Logan atmete hörbar ein und aus, ließ aber nicht von meinem Hals ab.

An meinem Ohr erklang ein verhaltenes Lachen.

„Wie wäre es, wenn ich dich mit etwas Schokoladensoße beträufle und diese dann von dir ablecke?" Seine Stimme war so verführerisch wie Samt und fast hätte ich es zugelassen. Da ich aber nicht wirklich darauf stand, nahm ich alle meine Willenskraft zusammen und riss mich von ihm los.

„Nichts da, Mister! Sie sind ein wirklich sehr, sehr böser Agent! Und was soll ich mit diesem bösen Agent jetzt nur machen?"

Meine Fingerspitzen gingen langsam nach oben, zum Bund seiner Hose. Ich wollte ihn zappeln lassen und mied darum die Gegend um die große Beule.

Ich strich am Rand des Bundes entlang und öffnete den ersten Knopf, der mir förmlich entgegensprang.

Logan zog scharf die Luft zwischen den Zähnen ein.

„Oh ja, ich bin ein böser Agent. Ich muss bestraft werden." In seinem Blick loderte das Feuer. Mein Körper schien mittlerweile selbst in Flammen zu stehen und sehnte sich nach jeder kleinsten Berührung von Logan.

Dass der Film immer noch lief, störte uns nicht wirklich. Keiner achtete mehr auf den Fernseher.

Ich ließ Logan nicht aus den Augen, als ich auch den zweiten Knopf der Hose öffnete. Er schloss genießerisch seine Lider und legte den Kopf hinten auf die Lehne des Sofas. Seine Hände suchten meinen Körper und umfassten meine Hüften, streichelten über meinen Rücken. Das Pochen in meiner Mitte wurde immer stärker und so stürzte ich mich regelrecht auf Logan, umfing seine Wangen und küsste ihn mit all der Leidenschaft, die er auch verdiente.

Ich drückte meinen gesamten Körper so fest gegen ihn, dass nicht mal ein Blatt Papier mehr zwischen uns Platz gehabt hätte.

„Oh, Logan, ich will dich! Ich brauche dich so sehr! Du hast ja keine Ahnung", keuchte ich in seinen Mund.

„Regi, ich tue, was immer du von mir verlangst. Für den Rest deines Lebens werde ich dich beschützen, das verspreche ich dir."

Jetzt war kein Halten mehr für uns. Wir rissen uns buchstäblich die Kleider vom Leib, knieten beide auf der Couch und Logan saugte abwechselnd an meinen Brüsten, während die andere mit Zeigefinger und Daumen getriezt wurde. Ich hielt mich an seinen Schultern fest und biss mir ein ums andere Mal auf die Lippen, da allein diese Liebkosungen mich fast um den Verstand brachten.

Logans Hand hinterließ während Ihrer Wanderschaft Richtung meines Lustzentrums eine brennende Spur auf meiner Haut und ich stöhnte auf.

Seinen Fingern folgte sein Mund mit seiner Zunge und ich geriet vollends in Ekstase. Ich ließ mich nach hinten auf das Sofa fallen und versank in einem Meer aus Lust und Erregung, als seine Finger meine Mitte erreichten und direkt verwöhnten.

„Soll ich das ABC für dich Schreiben?", nuschelte er fragend an meinem Venushügel.

Mein Mund war so trocken, dass ich ein Ja nur krächzen konnte. Ich schloss die Augen und versuchte, mich auf die Buchstaben zu konzentrieren, die Logan mit seiner Zunge auf meiner Perle schrieb. Dies brachte mich wieder ein klein wenig herunter, damit ich meinen Orgasmus etwas hinauszögern konnte. Mit geschlossenen Augen versuchte ich die Buchstaben zu erraten, aber mehr als ein Hauchen war nicht mehr möglich. Ich spürte Logans Finger vorsichtig in mich gleiten, bog daraufhin meinen Rücken durch und krallte mich in seine Haare. Sie kitzelten mich an den Schenkeln und ich verzog meinen Mund zu einem Lächeln.

„Komm, setz dich auf, mit dem Bauch zur Sofalehne."

Ich tat, wie mir geheißen. Logan kam hinter mich, streifte meine Haare zur Seite, küsste und knabberte an meinem Hals, während beide Hände meine Brüste umfingen und verwöhnten. Seine Erektion an meinem Po spürend drückte mich unwillkürlich gegen ihn.

Er küsste meine Schulter, streichelte meine Arme, meinen Bauch und fuhr dann mit einer Hand wieder fort, meine Perle zu verwöhnen. Meine Finger umklammerten die Sofalehne fester und mir entwich: „Oh, Logan!"

Meine Beine etwas weiter spreizend konnte ich im selben Augenblick seine Männlichkeit an meinem Lustzentrum spüren.

Seine Eichel drang langsam in mich ein und ich stöhnte wieder genüsslich auf.

„Ich brauche dich so sehr, Regina! Du ahnst ja gar nicht wie sehr. Du bist das Beste, was mir jemals passiert ist."

„Oh, Logan, ich liebe dich."

Wir gaben uns weiter unserem Liebesspiel hin. Logan presste sich fest an meinen Rücken und stieß mal kraftvoll, mal zärtlich zu. Ich bewegte mich in seinem Rhythmus und drückte mich ihm entgegen, damit ich ihn ganz nah und tief in mir spüren konnte. Als ich fast keine Kraft mehr hatte, mich an der Lehne abzustützen, packte Logan meine Hüfte. Sein Oberkörper bewegte sich weg von mir, ich spürte einen leichten Luftzug an meinem Rücken, bevor er diesmal seine Lenden gierig und schnell kreisen ließ. Er hatte eine Position gesucht, in der er mich noch besser beglücken konnte, und das war ihm gelungen. Laut aufstöhnend ließ mich voll auf seinen neuen Rhythmus ein. Es dauerte nicht lange, bis ich die ersten Vorboten des Orgasmus spüren konnte.

„Logan, ich komme gleich. Hör jetzt nicht auf!"

„Oh Regi, ich bin auch gleich soweit. Ich … ich …"

Mehr brachte er nicht mehr heraus. Er biss die Zähne zusammen und hörte mir zu, wie ich zum Höhepunkt gelangte.

Ich ließ meinen Gefühlen freien Lauf und stöhnte den Frust, die Begierde und die Lust einfach hinaus. Hinter mir konnte ich Logan keuchen hören. Erschöpft sanken wir beide auf die Couch. Ich kuschelte mich an seine Brust und musste erst mal wieder zu Atem kommen.

„Moment, ich decke uns noch zu, nicht dass es nachher zu kalt wird." Er gab mir einen Kuss auf die Stirn, setzte sich auf und holte die Wolldecke, die am Ende der Couch lag. Mit einem einzigen Schwung breitete er sie über uns aus. Total erschöpft, schlief ich kurze Zeit später ein.

Kapitel 18

Ben

„Mr. Bing, hier sind ihre Habseligkeiten. Ich hoffe, wir müssen uns nie wieder sehen!"

Der Wärter hinter der dicken Glasscheibe reichte mir durch einen Schub meine Sachen, wobei er mich streng und doch gelangweilt ansah.

„Werden wir nicht. Dafür werde ich schon sorgen!" Mein Blick wurde kalt und mein Grinsen teuflisch. Der Wärter drückte einen Knopf und ein Summen erklang, das anzeigte, ich könne durch die Tür in meine Freiheit gehen.

Als ich außerhalb der Gefängnismauern stand, hielt ich einen Moment inne, atmete tief durch und genoss den Anblick der Welt vor mir ohne Gitterstäbe.

„Willst du doch lieber wieder zurück, oder vielleicht sogar Wurzeln schlagen?"

Howard war auch schon da, um mich einzusammeln. Es tat gut, ihn zu sehen. Auch trotz des wenigen Kontaktes, was untypisch war - zumindest für Leute wie uns - konnte ich mich stets auf ihn verlassen.

„Freundlich wie immer! Wie geht es dir, Bruder?"

Ja, Howard und ich waren Zwillinge, doch hatten wir verschiedene Haarfarben und auch sonst konnte man Unterschiede entdecken. Doch sah man uns einzeln oder zum ersten Mal, wurden wir sehr oft verwechselt.

Wir umarmten uns und stiegen in sein Auto ein.

„Also, muss ich jetzt Angst haben, dass du mich gleich über den Haufen schießt, um an mein Auto zu kommen? Oder wie läuft das bei euch Ex-Knackis?" Er lachte auf.

„Nein, du Blödmann! Allerdings, wenn du weiter so dumme Kommentare von dir gibst, überlege ich es mir noch einmal. Und übrigens: Danke, dass du extra aus L.A. gekommen bist, um mich hier in Chicago abzuholen."

Howard schaute kurz zu mir herüber, seine Stirn lag in Falten, doch dann erkannte er, dass ich scherzte.

„Und du willst mir immer noch nicht sagen, was du angestellt hast?"

„Sorry, Bro, aber diesmal nicht. So, wo hat Dad meine Sachen eingelagert? Die Wohnung wurde ja gekündigt, wie ich erfahren habe, und da ich ja bei unserem alten Herrn nicht mehr willkommen bin, hat er sie auch sicher nicht zu Hause gebunkert."

„Das stimmt. Ich fahr dich zu der Lagerhalle. Den Schlüssel habe ich hier." Er gab mir einen kleinen Anhänger mit einem Smiley und dem Schlüssel dran. „Es gibt ein Motel ganz in der Nähe. Quartiere dich dort für ein oder zwei Wochen ein und dann fahren wir zurück nach L.A. Ich habe hier noch Geschäftliches zu erledigen, was noch ein paar Tage dauern wird."

„Ganz der Vater, was?" Ich starrte weiterhin auf den Schlüssel in meiner Hand. „Das passt mir sehr gut. Ich denke, ich werde sicherlich noch zwei oder drei Tage von der Polizei überwacht, ob ich gleich wieder Dummheiten anstelle."

„Und? Hast du vor, welche zu machen?" Howard bog auf einen großen Parkplatz ab, der aus Sand und Kies bestand.

„Nein", sagte ich laut und bestimmt. „Zumindest noch nicht gleich", flüsterte ich mehr zu mir selbst.

Bei der Halle angekommen, stiegen wir beide aus.

„Hier ist der Eingang, der Code lautet 2486." Er gab die Zahlen in das elektronische Schloss ein und ging voran, um mir den Weg zu meiner Einheit zu zeigen.

„Gang drei, Einheit fünf. Hier ist dein gesamtes Hab und Gut drinnen. Bis auf …" Er holte seinen Geldbeutel aus der Hosentasche und nahm ein Bündel Geldscheine heraus.

„Bis auf Geld. Das sollte reichen, bis deine Karten wieder aktiviert sind und du wieder an dein Konto kommst. Wenn du wieder raus und dann nach links gehst, kommst du zu diesem kleinen Motel. Es ist nicht das Ritz, aber ausreichend für die nächsten Tage."

„Danke, Bruder. Schön, dass man sich wenigstens auf einen aus der Familie verlassen kann." Ich nahm das Geld und umarmte Howard noch mal, bevor dieser zu seinem Termin aufbrach. Dann stand ich mit Herzklopfen vor der Tür zu meiner Einheit. Nach fünf Jahren würde ich meine Sachen endlich wiedersehen. Ob etwas kaputtgegangen war? Ich würde es gleich herausfinden.

Ein paar Tage später, nachdem ich endlich die Bankproblematik klären und wieder über mein Geld verfügen konnte, begann ich mit den Vorbereitungen für L.A.. Alles, was ich aus meiner Einheit benötigte, packte ich in Kartons. Mir war klar, dass ich nicht alle Sachen mitnehmen konnte, aber das müsste ich auch nicht. Es war hier im Lager gut aufgehoben und ich konnte es jederzeit holen, wenn ich doch etwas brauchte.

Nach circa einer Woche ging ich in verschiedene Läden und besorgte mir eine ziemlich kostspielige, aber dafür täuschend echt aussehende Maskerade mit Bart, falschen Zähnen, Kontaktlinsen und einer Perücke.

Danach kaufte ich noch Klebeband und ein dickes Seil. Meine Hass-Liebe zu Aurelie war inzwischen so groß, dass ich sie spüren lassen wollte, was sie mir die letzten Jahre angetan hatte. Wie es sich anfühlte, im Gefängnis zu sein, und darauf zu hoffen, dass alles nur ein großer Irrtum war und die Liebe des Lebens einen wieder herausholte. Dann musste ich nur noch meine Schulden vom Gefängnis bei Pete begleichen und mir eine Waffe besorgen. Das sollte machbar sein. Aber zuerst benötigte ich noch einen gefälschten Ausweis, damit der Waffenkauf nicht gleich an die Polizei weitergeleitet wurde.

Ich verpackte alles fein säuberlich in Kartons und stellte sie zu den anderen, die mit nach L.A. kamen.

In den nächsten Tagen würden wir aufbrechen und ich musste fit sein. In Gedanken war ich immer bei Aurelie und fragte mich, wie sie wohl inzwischen aussah und reagieren würde, wenn sie mich mit der Verkleidung sah. Würde sie es durchschauen? Und wie waren meine Chancen, sie mal alleine ohne George oder diesen Deputy, der ja inzwischen ein FBI-Agent war, anzutreffen?

Fragen über Fragen, die ich alle erst klären konnte, wenn ich mir vor Ort ein Bild gemacht hatte. Das hieß, erst mal die Wohngegend und den Alltag aller Betroffenen auszukundschaften und dann versuchen, sich in Aurelies Nähe aufzuhalten, bis ich zuschlagen konnte.

Außerdem benötigte ich ja noch ein geeignetes Quartier, wo ich sie festhalten konnte und sie so schnell keiner suchen würde.

Ich rieb mir die Hände in freudiger Erwartung aneinander und musste laut lachen. Es war ein böses, dämonisches Lachen und ich konnte spüren, wie mir förmlich Hörner auf der Stirn wuchsen.

Was war nur aus mir geworden? Das war alles nur ihre Schuld! Wir hätten es so schön haben können. Stattdessen hatte sie ein Monster aus mir gemacht, und schon sehr bald würde sie dieses kennenlernen.

Ich legte mich auf mein Bett im Motel, grinste vor mich hin und schlief irgendwann ein. Wie so ziemlich jeder Traum, drehte sich auch dieser wiedermal um Aurelie, wie ich sie in meine Gewalt brachte und ihr zeigte, was es hieß, im Gefängnis eingesperrt zu sein. Gleichzeitig wollte ich ihr offenbaren, dass ich trotz allem immer noch tiefe Gefühle für sie hatte und mit ihr ein gemeinsames Leben wollte. Es war eine Hass-Liebe, die mich um den Verstand brachte.

Als ich aufwachte, hatte sich große Wut angestaut. Am liebsten hätte ich mit meiner Faust wieder gegen die Wand geschlagen, wie damals im Knast, um mich abzureagieren. Da ich aber keine zur Verfügung hatte, machte ich eben Liegestützen und Sit-Ups.

Ein paar Tage bevor es mit meinem Bruder nach L.A. ging, hatte ich alles Nötige für meine Verwandlung zusammen und konnte mich seelisch und körperlich auf mein neues Ichvorbereiten. Dann war der große Tag da und wir machten uns auf den Weg. Ich packte alles in Howards großen SUV. In einem solchen Wagen war eine derartig lange Fahrt wenigstens gemütlich.

Den gesamten Weg über saßen wir schweigend nebeneinander. Howard war kein Freund langer Reden, was für einen Immobilienmakler recht ungewöhnlich war, aber er trennte Arbeit und Privatleben strikt voneinander und privat war er eben sehr ruhig.

Nach unzähligen Stunden Fahrt, Übernachtungen in Motels und haufenweise Diner-Besuchen, erreichten wir endlich sein Haus. Wobei der Ausdruck Haus noch untertrieben war; es glich eher einem Palast. Ich hatte ja keine Ahnung, dass er so lebte.

„Hier entlang, Ben. Du kannst dich die nächste Zeit im Poolhouse einquartieren, bis du etwas Anständiges gefunden hast und wieder im normalen Leben integriert bist."

„Danke, Howard, das ist sehr großzügig von dir."

„Hey, du bist mein kleiner Bruder. Das mache ich gern für dich, solange du mich nicht im Schlaf erschießt." Er lachte auf und boxte mir gegen die Schulter.

„Nur weil ich drei Minuten nach dir auf die Welt gekommen bin, brauchst du mich nicht immer als *kleinen Bruder* bezeichnen", ich verdrehte die Augen und lachte.

Ich schleppte die ersten Kartons ins Poolhouse und schaute mich um. Es hatte ein riesiges Wohnzimmer, hinten ums Eck eine kleine Kochnische und ein mittelgroßes Schlafzimmer. Es war perfekt für mich. Wir sind zwar schon luxuriös aufgewachsen, aber selbst das erschien mir jetzt lächerlich. Howard hatte den Dreh eindeutig raus.

„Wenn du mit auspacken fertig bist, komm doch zum Abendessen rüber. Olivia will dich sicher auch begrüßen." Er klatschte mir ein letztes Mal auf die Schulter, dann ging er.

Ich seufzte. Olivia! Sie war sicher nicht begeistert, mich zu sehen. Wir hatten schon immer unsere Differenzen. Für meinen Geschmack hatte sie meinen Bruder viel zu sehr unter ihrer Fuchtel, was letztendlich sogar dazu führte, dass er ihren Nachnamen angenommen hatte. Ich holte meine restlichen Kartons aus dem Auto und ging kurz duschen. Erfrischt und etwas besser gelaunt zog ich mich an und ging zum Haupthaus, meine Schwägerin begrüßen.

„Olivia! Schön dich zu sehen, du siehst fantastisch aus." Ich lächelte sie aufmunternd an und breitete die Arme aus, um sie zu umarmen. Sie blieb kurz vor mir stehen, verschränkte ihrerseits die Arme vor der Brust und blickte mich missbilligend an.

„Benjamin, ich könnte nicht behaupten, mich zu freuen, dich zu sehen. Und damit wir uns gleich richtig verstehen: Das Poolhouse steht dir nur vorübergehend zur Verfügung! Glaube ja nicht, dass du dich hier für immer einnisten kannst!" Sie schnaubte verächtlich.

„Aber Schatzi, was ist denn das für eine Begrüßung? Du hast Ben doch schon ein paar Jahre nicht mehr gesehen. Natürlich bleibt er nur so lange, bis er wieder auf eigenen Beinen steht", versuchte Howard, sie etwas zu besänftigen. Ich hatte meine Arme inzwischen wieder gesenkt und musterte sie genauso abfällig wie sie mich. Sie dachte also immer noch, sie wäre besser als ich.

„Ach, Oli, du bist immer so herzlich. Da fühl ich mich gleich wie zu Hause", stichelte ich. Ihr Gesichtsausdruck wurde noch grimmiger, denn sie konnte es nicht leiden, wenn sie jemand Oli nannte. Eingeschnappt drehte sie sich um und ging zurück ins Haus, direkt ins Esszimmer, wo bereits ein Dienstmädchen auf Anweisungen wartete.

Das Abendessen verlief ruhig und zog sich extrem in die Länge. Ich war froh, als ich endlich wieder ins Poolhouse konnte, wo ich noch die wichtige Kiste ausräumte und mich dann schlafen legte.
Die nächsten Wochen bestanden darin, es wohnlich zu machen und die Gegend genauestens kennenzulernen. Ich machte auch mehrere Ausflüge in die nahe gelegenen Hollywood Hills und letztendlich kaufte ich mir einen Trailer. Mein Plan ging voran und ich war stolz auf mich.

Zum ersten Mal seit Jahren war meine Zukunft mit Aurelie zum Greifen nah! Die nächsten Tage würde ich damit verbringen, ihren Alltag kennenzulernen und mir eine passende Strategie zu recht legen, damit ich sie schnellstmöglich wieder mein Eigen nennen konnte. Dazu musste ich jeden Tag meine Maskerade benutzen, schließlich wollte ich nicht, dass der Wachmann vor der Wohnanlage mein wahres Gesicht sah, geschweige denn, dass mich Aurelie oder George sahen. Außerdem musste ich es irgendwie in die Anlage schaffen, und wenn ich ihm bereits bekannt vorkam, konnte das von Vorteil für mich sein.

Wie immer verhielt ich mich so unauffällig wie möglich. Und dann sah ich sie eines Tages. In mir stiegen die verschiedene Gefühle auf: Wut, Liebe, Hass, Eifersucht, Begierde. Ich musste mich beherrschen, um nicht einfach zu ihr zu rennen.

Stück für Stück erfuhr ich, wie ihr Alltag aussah, wo sie arbeitete, wer in der Anlage alles ein- und ausging, wann Georg kam und ging und dass er inzwischen eine Freundin hatte, die Shauna hieß.

Aurelie selbst hatte sich verändert. Sie schminkte sich nicht mehr, trug ihre Haare anders und auch die Kleidung hatte sich geändert. Sie wirkte jeden Tag verunsichert, ängstlich und doch selbstsicher zu gleich. Sie blickte sich häufig auf der Straße um und trotzdem sah sie mich nicht. Das gab mir ein Gefühl der Macht. Ich hatte weiterhin Einfluss auf sie und sie dachte nach wie vor an mich, sonst würden ihre Blicke nicht suchend umherwandern. Ich geilte mich daran auf und verfeinerte meinen Plan.

Wie gehofft, gab es auch in dieser Wohnanlage eine alleinstehende Frau, die dringend nach einem Partner suchte. Sie war Latina und hieß Juanita. Die perfekte Frau, um näher an Aurelie heranzukommen. Ich rieb meine Hände aneinander und grinste teuflisch. Die nächsten Tage würden also Juanita gehören und schon bald würde ich bei ihr einziehen und damit näher an Aurelie sein. Ich konnte es kaum erwarten.

Noch während ich zu Hause im Bett lag, grinste ich und hatte plötzlich den perfekten Platz im Kopf, um mit Aurelie für ein paar Tage unterzutauchen, bis wir uns auf den Weg in ein neues Leben machen konnten. Auch wenn die Hollywood Hills bereits voll mit schicken Villen und großen Anwesen der Stars waren, so gab es ein kleines Fleckchen, wo ich meinen Trailer gut abstellen und verstecken konnte. *Es würde fantastisch werden!* Mit diesem Gedanken schlief ich schließlich ein.

Kapitel 19

Regina

Ben war nun seit ein paar Wochen entlassen und meine Angst verstärkte sich wieder. Ich versuchte sie - so gut es ging - zu verdrängen, konnte aber nicht verhindern, dass ich mich außerhalb der Anlage ständig umsah und unwohl fühlte. Zum Glück blieb mir die Anwesenheit von Mr. Weckner in der Arbeit erspart.

Ich kam nicht umhin, mich zu fragen, wie es Ben wohl im Knast ergangen war und ob er an mich genauso dachte wie ich an ihn. Wollte er immer noch sein Versprechen in die Tat umsetzen und mich suchen? In den letzten Tagen hatte ich ab und zu so ein merkwürdiges Gefühl, beobachtet zu werden, und ich war kurz davor, Dr. Miller anzurufen. Andererseits wollte ich vor ihr nicht zugeben, dass mich das Thema wieder beschäftigte.

Ich war mir sicher, dass auch Henry und Logan meine Anspannung bereits bemerkt hatten. Sie waren aber beide so taktvoll und sprachen es bisher nicht an.

Als wir jedoch eines Tages am Pier spazieren gingen, hielt es Logan nicht mehr aus und sprach mich darauf an: „Was ist los, Regi? Die letzten Tage bist du so komisch. Erzähl mir, was dich bedrückt." Er hatte seinen Arm um meine Schultern gelegt und drückte mich an sich.

„Na ja, es ist der Fluch namens Ben." Ich seufze. „Und ja, du willst nichts davon hören. Aber da ich weiß, wann seine Entlassung war, fühle ich mich einfach unsicher. Was ist, wenn er tatsächlich nach mir sucht und er meinen Eltern etwas antut, um an Informationen zu kommen, die sie nicht haben?" Ich drückte mein Gesicht gegen seine Brust und mein Arm schlang sich um seine Taille.

„Das wird nicht passieren. Selbst wenn er es versuchen sollte, er wird dich nicht finden. Ich beschütze dich, und wenn das nicht reicht, dann zieh endlich mit mir zusammen. Nirgends bist du sicherer." Er gab mir einen Kuss auf den Scheitel.

„Erst, wenn du eine ordentliche Frisur hast, mein Lieber! Es ist sowieso ein Wunder, dass du als Agent so herumlaufen darfst." Lachend pikste ich ihn in die Seite und wir schlugen langsam den Rückweg an diesem warmen Abend ein.

Am nächsten Morgen, als ich den Müll wegbrachte, traf ich Juanita beim Pool. Sie strahlte glückselig und winkte mir zu.

„Regina, guten Morgen! Wie geht es dir heute? Stell dir vor, ich habe einen Mann gefunden! Er ist ja so toll!" Sie drückte ihr Handy an ihre Brust und seufzte laut.

„Wow, Juanita, das ist ja wirklich super! Ich habe dir doch gesagt, dass auch du noch einen Mann finden wirst. Wie hast du ihn denn kennengelernt?" Ich setzte mich zu ihr und hörte gespannt zu.

„Im Internet, auf einer Dating-Seite. Er sieht vielleicht nicht aus wie ein Gott, aber er weiß genau, wie er eine Frau um den Finger wickeln kann. Heute treffen wir uns zum ersten Mal. Ich habe ihn zu mir eingeladen und bin schon sehr nervös."

„Du hast ihn im Internet kennengelernt? Na gut, wieso auch nicht. Ist ja eigentlich schon normal in der heutigen Zeit. Ich wünsch dir viel Glück, dass es der Richtige ist. Sei aber bitte trotzdem vorsichtig! Manche Typen aus dem Internet wollen nur an dein Geld."

„Welches Geld? Ich hab doch keines." Sie lachte auf und ich ging mit meiner Mülltüte weiter zu den Abfalltonnen. Als ich wieder in der Wohnung war, schaltete ich, wie immer am Wochenende, das Radio ein, denn mit Musik ließ es sich besser putzen.
Shauna und Henry hörte ich bereits in ihrem Zimmer reden, was hieß, ich konnte etwas lauter drehen. Ich war gerade mittendrin, als der Moderator einen Song ankündigte, den er, nach eigener Aussage, nur selten gespielt hatte. Es war ein anonymer Wunschsong. Die Melodie ging mir sofort ins Ohr und ich summte fröhlich mit, während ich den Backofen reinigte. Nach ein paar Takten fiel mir auf, dass mir das Lied seltsam bekannt vorkam, und als der Text einsetzte ließ ich vor Schreck das Backofenspray und den Putzlappen fallen. Die Spraydose verursachte ein lautes Klappern und ich sprintete zum Radio. Ich schaltete auf den nächsten Sender, doch auch dort wurde der Song gespielt. *Mein Song*, den mir Ben damals im Park vorgespielt und als seine Komposition ausgegeben hatte! Meine Hände fingen an zu zittern, als ich den Sender nochmals wechselte und wieder dieser Song lief. Das konnte doch nicht wahr sein. Wurde ich jetzt verrückt? Warum lief plötzlich überall Gary Barlow mit *For all that you want*? Ich wechselte nochmals den Sender. Hier war das Lied fast zu Ende und der Moderator fing bereits wieder an zu reden.

„Das war ein anonymer Wunsch eines Zuhörers. Es war speziell für eine Frau. Auch hier wollte er keinen Namen nennen. Also liebe Unbekannte, dieser Song war für dich. Ich hoffe, du weißt, dass du gemeint warst. Und jetzt geht es weiter mit …"

In diesem Moment kam Henry in die Küche und starrte mich an.

„Regi? Um Himmels Willen, geht es dir nicht gut? Du bist ja total weiß im Gesicht!", stellte er erstaunt fest, nahm mich in den Arm und führte mich zur Couch.

„Song. Radio. Er weiß, wo ich bin!"

„Wer weiß was? Und welcher Song? Ich versteh nur Bahnhof. Ich hol dir erst mal ein Glas Wasser."

„Ben! Er weiß, wo ich bin. Er hat im Radio meinen Song spielen lassen, auf mindestens vier Sendern!"

Henry drehte sich mit dem Glas in der Hand um.

„Das ist unmöglich! Bist du sicher, dass …"

„Dass ich mir das nicht eingebildet habe? Henry, ich habe mehrfach den Sender gewechselt und überall lief das gleiche Lied! Ich bin mir sicher, dass auch die Nachricht am Ende überall die gleiche war! Der Song wurde sich anonym und mit dem Hinweis, die weibliche Person würde schon wissen, wer gemeint ist, gewünscht."

„Aber das könnte doch jede beliebige Frau sein", warf Henry ein.

„Gary Barlow mit *For all that you want?* Echt jetzt? Ich glaube kaum! Oh Gott, ich dreh durch! Fängt der Albtraum jetzt wieder von vorne an?"

„Nun mal immer mit der Ruhe! Ich ruf bei Logan, damit er herkommt, und dann wirst du sehen, dass alles ein großes Missverständnis ist."

Logan traf zwanzig Minuten später bei uns ein. Ich hatte mich zwar wieder etwas beruhigt, aber ich war immer noch bleich im Gesicht. Er kam zu mir auf die Couch und nahm mich in den Arm. Ich erzählte ihm die ganz merkwürde Situation und er hörte einfach nur zu und nickte.

„Ich stimme Henry zu. Es wird wahrscheinlich alles ein riesengroßer Zufall sein. Da ich aber möchte, dass du dich wieder beruhigst und dich in Sicherheit fühlst, werde ich nächste Woche mal bei meinen ehemaligen Kollegen in Chicago nachfragen, ob sie wissen, was Ben seit seiner Entlassung so treibt. Wäre das in deinem Sinne?"

„Du würdest mir damit sehr helfen." Ich gab ihm einen dicken Kuss. Den restlichen Vormittag über halfen alle beim Putzen und Aufräumen. Logan schlug uns vor, das Wochenende bei ihm zu verbringen. Es war ein herrlicher Sommertag, an dem Shauna und Henry nichts gegen einen kühlen Pool einzuwenden hatten. Ich packte meine Sachen und wartete im Innenhof der Anlage auf die anderen. Dort begegnete ich wieder Juanita. Diesmal mit meinem großen Mann an ihrer Seite. Er hatte einen Hut auf, unter dem ein paar Haare hervorschauten, einen längeren Vollbart und sah generell eher unattraktiv.

„Juhu, Regina! Komm doch mal rüber, ich möchte dir Mason vorstellen." Sie strahlte über das ganze Gesicht und hing förmlich am Arm des Mannes, den sie Mason nannte. „Mason – Regina. Regina – Mason. Das ist der Mann, von dem ich dir erzählt hatte. Mein Date!" Sie quietschte wie ein Teenager, obwohl sie aus dem Alter schon lange raus war. Ich reichte ihm die Hand und begrüßte ihn. Er fixiert mich einen Tick zu lange und mir lief ein kalter Schauer über den Rücken. Hinter mir wurden Henrys, Shaunas und Logans Stimmen lauter. Auch sie wurden einander vorgestellt.

„Wir fahren rüber zu Logan, aber ich wünsche euch beiden Turteltauben einen schönen Nachmittag", verabschiedete ich mich von Juanita und ihrem Date und fühlte mich wieder seltsam taxiert von Mason.

„Was hat sie sich denn da für einen komischen Kauz angelacht?", flüsterte Henry in die Runde. Wir zuckten mit den Schultern.

„Hoffentlich geht das gut", meinte ich mehr zu mir selbst als zu den anderen. Ich schaute mich noch mal um, aber die beiden waren schon fast in Juanitas Wohnungstür verschwunden. Zurück blieb nur ein ungutes Gefühl.

Die nächsten zwei Wochen sah ich Juanita und Mason fast jeden Tag und dazwischen noch Mr. Weckner in der Arbeit, denn es mussten ein paar Pläne geändert werden. Jedes Mal, wenn ich unseren Kunden sah, blieb mir das Herz stehen. Es hieß zwar, jeder Mensch hätte einen Doppelgänger, aber die Ähnlichkeit hier war im wahrsten Sinne des Wortes erschreckend.
In der dritten Woche überraschte mich Logan nach der Arbeit mit einem neuen Haarschnitt. Es war ein moderner Kurzhaarschnitt, der ihn verdammt sexy aussehen ließ.
„Aber hallo! Was ist denn hier passiert? Du hast dich tatsächlich zum Friseur getraut?", stichelte ich und grinste. „Gibt es einen besonderen Anlass dafür?"
„Du hast gesagt, du ziehst erst bei mir ein, wenn ich eine, in deinen Augen ordentliche Frisur habe. Voilá! Ich habe meinen Teil erfüllt!"
Sprachlos schaute ich ihn an.
„Du meinst das wirklich ernst?!"
„Das tue ich. Und du hast nun keine Ausrede mehr, warum wir nicht den nächsten Schritt wagen sollten."
„Okay. Da ich keine Möbel mitnehme, steht einem Umzug am Wochenende nichts entgegen." Wir fielen uns lachend in die Arme und küssten uns. Eine so tolle Nachricht konnten wir natürlich auch nicht für uns behalten, weshalb ich Henry gleich eine SMS schrieb, dass es etwas zu feiern gäbe.

Logan sah Juanita und Mason im Hof sitzen und wollte auch ihnen gleich die tolle Neuigkeit erzählen. Ich folgte ihm.

„Ach, Logan, Regina, das sind ja wundervolle Neuigkeiten! Mason und ich freuen uns ja so für euch."

„Zwischen euch scheint es ja auch richtig gut zu laufen", entgegnete ich und zwinkerte Juanita zu, woraufhin ihr Gesicht zu leuchten anfing.

„Ja, wir überlegen auch schon, ob wir zusammenziehen. In meiner Wohnung ist ja genug Platz."

„Wirklich?" Erstaunt sah ich von ihr zu Mason und wieder zurück. „Aber ihr kennt euch doch erst ein paar Wochen", gab ich zu bedenken.

„Wenn man weiß, dass es Liebe ist, spielt das doch keine Rolle! Außerdem werden wir auch nicht jünger!" Sie schlang die Arme um ihren Liebsten. Ich konnte sehen, wie er für den Bruchteil einer Sekunde die Augen rollte. Da jedoch Logan mit seinem Handy beschäftigt war, schien es keiner außer mir gesehen zu haben. Falls ich tatsächlich etwas gesehen hatte.

Kapitel 20

Ben

Ich hatte erfolgreich diese Latina namens Juanita um den Finger gewickelt und damit jederzeit Zugang zu der Wohnanlage, in der auch Aurelie wohnte. Natürlich musste ich mich dazu zwingen, sie Regina zu nennen, was mir absolut nicht passte, aber ich konnte es ja nicht ändern. Noch nicht. Juanita war eine schreckliche Klette. Sie war so verzweifelt auf einen Mann aus, dass sie zu allem ja und amen sagte. Als ich in ihr Leben trat, spielte ich meine erste Karte gegen Regina aus: Ich wusste inzwischen ein paar ihrer Lieblingsradiosender und wünschte mir bei diesen und noch ein paar anderen zur gleichen Zeit den Song, den ich ihr damals *geschenkt* hatte. Die Sender, die ihn nicht spielen wollten, bekamen eine nette Spende und schon flutschte alles. Es lief perfekt. Samstagvormittag putzte sie immer, und das war die Gelegenheit.

Als ich am Nachmittag dann zu meinem Date mit Juanita in die Anlage kam, war Logan bereits da. Er schien nicht weiter besorgt, während Regina die Angst in den Augen stand. Punkt für mich. In den nächsten zwei Wochen konnte ich ihren Tagesablauf noch perfekter studieren denn ich verbrachte jede freie Minute bei meiner Alibifreundin, auch wenn mich dieses Weib fast um den Verstand brachte. Inzwischen sah ich ein, dass ich innerhalb der Wohnanlage nicht an Regina herankommen würde. Also musste ich sie auf dem Weg zur Arbeit oder nach Feierabend abpassen und mitnehmen. Entführen klang immer so hässlich, daher benutze ich dieses Wort selbst in meinen Gedanken nicht.

Doch Anfang der dritten Woche machte mir Logan einen Strich durch die Rechnung. Die beiden wollten endlich, nach so langer Zeit, zusammenziehen. Natürlich musste ich mich für sie freuen, als sie es uns im Hof erzählten, doch innerlich kochte ich. Ich wollte mir diesmal Zeit mit allem lassen, damit auch alles klappte, und jetzt wurde ich wieder genötigt, schneller zu agieren.

Durch meine Beobachtungen in den letzten Wochen wusste ich, dass auch Howard ein Kunde von Reginas Arbeitgeber war, was mir wiederrum in die Hände spielte. Ich erfuhr von ihm, dass Regina den Rest der Woche Urlaub genommen hatte, um für den Umzug packen zu können. Natürlich passte mir das ganz und gar nicht. So zerfiel meine Absicht, sie vor oder nach der Arbeit abzufangen, zu Staub.

Mir blieb nur eine Möglichkeit: Ich musste sie während des Umzuges in einem unbeobachteten Moment schnappen. Tagsüber verbrachte sie die Zeit damit, ihr Hab und Gut in Kartons zu packen und über Nacht blieb sie bei Logan. Ich folgte ihnen eines Abends und beobachtete sie durch das Fenster beim Liebesspiel. Mein Hass brodelte tief in mir und war kurz davor zu explodieren. Die Galle stieg mir hoch, als ich sah, wie sie sich unter ihm räkelte und stöhnte, so wie sie es einst auch bei mir getan hatte. Ihr Körper war noch immer genauso schön wie früher, die Bewegungen noch genauso anmutig. Ich verlor mich in Erinnerungen, während ich an ihrem Fenster stand, und hätte fast nicht mitbekommen, dass sie in meine Richtung schaute. Beinahe wäre ich aufgeflogen, also machte ich mich aus dem Staub. Ich konnte nur vermuten, dass sie Logan sagte, er solle nachsehen, ob da jemand am Fenster war, denn ich hörte noch, wie es geöffnet wurde. Dann war ich weg.

Eigentlich hätte ich zurück zu Juanita fahren sollen, stattdessen fuhr ich nach Hause und bereitete alles vor, was wir im Trailer benötigen würden. Ich hatte genügend Vorräte sowie Kleidung für mich und Regina. Der große Tag konnte kommen, ich war bereit.

Kapitel 21

Regina

Die letzte Woche in der gemeinsamen Wohnung mit Henry und Shauna verging wie im Flug.

Betty hatte bereits alle gepackt und alle Brücken hinter sich abgerissen. Sie meldete sich nur noch selten. Es schien, als wäre sie mit mir und unserem Leben zufrieden, und konnte mich jetzt ohne ihre Anleitung leben lassen.

Je näher der Umzugstag rückte, desto wehmütiger wurde ich. Seit fünf Jahren würde ich das erste Mal ohne meinen besten Freund in ein neues Haus ziehen.
Henry und Shauna blieben in der Wohnung. So würden wir uns zwar nicht mehr täglich sehen, waren jedoch nicht aus der Welt und konnten uns jederzeit gegenseitig besuchen.
Zwei gingen klar als Gewinner aus der Sache hervor: Shauna, weil sie mich endlich loshatte, und Logan, weil ich endlich bei ihm einzog.
Donnerstagabend waren Henry und ich alleine und wir unterhielten uns.
„Sag mal, weiß Shauna eigentlich über unsere Vergangenheit Bescheid?"
„Sie weiß das Nötigste, aber weder, wo wir vorher wohnten, noch wie wir hießen. Sie hat sich damit abgefunden, dass ich keine Fragen dazu beantworte und sie nicht mehr wissen darf. Warum fragst du?"

„Weil es mir nach der ganzen Zeit ihr gegenüber nicht fair vorkommt. Logan weiß schließlich auch alles über uns."

„Ähm. Ja, aus gutem Grund. Er war schließlich hautnah dabei. Möchtest du wirklich jetzt darüber reden? An unsrem vorletztem Abend zusammen? Das fände ich nicht schön. Für mich gibt es kein anderes Leben mehr, außer das hier in L.A.."

„Du hast ja Recht. Ich wollte nicht davon anfangen. Immerhin verfolgt uns beide ja bereits seit Jahren." Ich versuchte, einen Witz daraus zu machen, was mir nicht wirklich gelang.

Plötzlich läutete es sturm an der Wohnungstür und kurz darauf kam Logan herein, ziemlich aufgebracht und in Alarmstellung.

„Logan? Was ist los? Was machst du hier für einen Radau?" Ich sah ihn an und bekam Gänsehaut. Etwas stimmte nicht und ich wartete auf die Erklärung.

„Es tut mir leid, wenn ich hier so reinplatze, aber ich hatte gerade ein Gespräch mit meinem alten Kollegen aus Chicago und musste so schnell es ging herkommen. Regi, bitte erzähl mir noch mal genau, was dir in den letzten Monaten alles seltsam vorkam. Jede Kleinigkeit. Immer wenn du dachtest, du würdest verrückt. Es ist wichtig."

Ich setzte mich auf.

„Logan, du machst mir Angst! Was ist los?"

„Es hat sich herausgestellt, dass Ben einen Zwillingsbruder hat, der hier in L.A. wohnt. Circa dreißig bis fünfundvierzig Minuten von euch entfernt im Villenviertel."

„Was?", fragte Henry und sprang von der Couch auf. „Und warum erfahren wir das erst jetzt?" Er war genauso schockiert wie ich, nur mit dem Unterschied, dass ich keinen Ton mehr herausbrachte. Meine Kehle schnürte sich zu und ich bekam keine Luft mehr, mein Blut rauschte in meinen Ohren und sämtliche Erinnerungen von damals prasselten auf mich ein. Einer der beiden Männer klopfte mir auf den Rücken und ich erwachte langsam, aber sicher wieder aus meiner Schockstarre. Auch meine Atmung setzte wieder ein. Ich blinzelte ein paar Mal und schaute dann zu Logan.

„Er hat einen Zwillingsbruder? Wieso wusste keiner etwas davon? Er hat ihn nie erwähnt."

„Scheinbar ist das Verhältnis zwischen ihnen nicht sonderlich eng. Die Familie zu durchleuchten ist auch nicht üblich, da sich nur Ben etwas zu Schulden kommen hat lassen."

„Weißt du, wie sein Bruder heißt?" hakte Henry nach.

„Howard Weckner. Er hat wohl den Familiennamen seiner Frau angenommen."

Der nächste Schreckensmoment für mich. Und sollte noch etwas Farbe in meinem Gesicht gewesen sein, so war diese jetzt endgültig daraus verschwunden.

„Howard Weckner? Howard Weckner? Oh mein Gott! Oh mein Gott! Oh mein Gott! Und ich hab euch noch gesagt, der Typ sieht aus wie Ben!" Ich fing hysterisch an zu kreischen und konnte mich nicht mehr beruhigen. Die Tatsache, dass Bens Zwillingsbruder bereits seit Wochen in unserem Büro ein und aus ging, mich sehen konnte und Ben wer weiß was alles erzählt hatte, zog mir den Boden unter den Füßen weg.

„Jetzt beruhige dich doch wieder! Erstens ist es nicht sicher, dass Ben nach seiner Entlassung Kontakt zu Howard Weckner aufgenommen hat, zweitens wissen wir nicht, ob dieser Ben irgendwelche Informationen zukommen hat lassen. Außerdem, denkst du nicht, er hätte schon versucht, etwas zu unternehmen, wenn er noch immer hinter dir her wäre?" Logan ließ uns an seiner logischen Schlussfolgerung teilhaben. Das beruhigte mich allerdings kein bisschen.

„Okay, weißt du was? Du nimmst jetzt deinen Koffer und wir fahren zu mir. Morgen nach der Arbeit hole ich deine restlichen Kartons. Auf einen Tag früher kommt es auch nicht an." Logan wollte schon in mein Zimmer marschieren, um meine Sachen zu holen, ich hielt ihn jedoch auf.

„Nein! Ich wollte noch einen letzten schönen Abend mit Henry hier verbringen, und das lasse ich mir nicht zerstören! Und schon gar nicht von Ben!" Meine Stimme troff vor Hass. „Du hast Recht, es kommt auf einen Tag nicht an. Ich fange also morgen Vormittag mit dem Umzug bereits an und wenn du von der Arbeit kommst, kannst du den Rest erledigen. Deal?"
Logan rieb sich das Kinn, es war ihm anzusehen, dass ihm der Vorschlag nicht wirklich passte. Er wusste aber auch, er konnte mich nicht umstimmen.

„Abgemacht. Du hast ja sowieso schon lange deinen Haustürschlüssel und von nun an ist mein Haus ja auch dein Haus.

„Gut, dann lassen wir uns die Stimmung nicht vermiesen. Zumal wir auch gar nicht wissen, ob es etwas zu vermiesen gibt. Was machen wir Schönes? Essen bestellen? Film schauen? Quatschen?" Logan klatschte in die Hände, es war offensichtlich, dass er mich nicht mehr aus den Augen lassen würde.

„Wie wäre es mit allen drei Dingen? Ich bestelle etwas zu essen, nebenbei können wir quatschen und dann schauen wir uns einen netten Film zum Abschied an", schlug Henry vor.

„Klingt verlockend", gab ich zu. „Wie wäre es mit was Indischem oder Mexikanischem? Wir hatten schon lange keine Burritos mehr." Die Männer nickten zustimmend und Henry nahm die Bestellungen entgegen, bevor er beim Mexikaner anrief. Logan nahm mich zur Seite und flüsterte: „Es tut mir leid, ich wollte euren vorletzten Abend nicht ruinieren. Ich hoffe, du verstehst das. Aber ich konnte mit diesem Wissen auch nicht seelenruhig zu Hause sitzen."
Ich streichelte ihm über den Arm.
„Alles gut. Ich verstehe dich und es macht mir nichts aus, dass du auch hier bist. Im Gegenteil, ich freue mich, und ab morgen gehöre ich ganz dir." Ich küsste ihn sanft und legte meinen Kopf an seine Brust. Der Appetit war mir eigentlich vergangen und meine Gedanken kreisten um Ben und seinen Bruder. Bei Logan war ich in Sicherheit, keine Frage. Aber wäre Henry auch in Sicherheit? Was, wenn Ben auch ihm auflauerte? Ich wollte nicht an so etwas denken, sonst würde sich mein Magen umdrehen. Ich wollte den Abend mit meinen zwei Lieblingsmenschen genießen und tat mein Bestes, die Gedanken zu verdrängen. Die Stimmung zwischen uns blieb allerdings angespannt und gedrückt.

Am nächsten Morgen verabschiedete sich Henry von mir und ich musste eine kleine Träne verdrücken. Das war so albern. Ich würde doch nur ein paar Minuten von hier wohnen und nicht ans Ende der Welt ziehen. Aber ich war nun mal emotional und mit dem Ende eines Lebensabschnittes begann gleichzeitig ein Neuer und dieser war wiederum aufregend. Logan gab mir einen langen Kuss an der Wohnungstür, bevor auch er aufbrach.

„Also, den Schlüssel hast du. Nimm nur leichte Sachen mit, den Rest hole ich, wenn ich fertig bin. Vielleicht kann ich ja schon mittags aufhören", wies er mich an.

„Das ist absolut nicht nötig. Ich packe ein paar Sachen in mein kleines Auto und fahre sie schon mal rüber zu dir. Wie gut, dass ich mich vor ein paar Wochen dafür entschieden hatte eines zu kaufen. Bis du kommst, habe ich die Kleinigkeiten vielleicht sogar schon ausgepackt, und wir können zusammen die letzten paar Kartons holen. Hach ja, ich kann Shauna schon sehen, wie sie die Sektkorken knallen lässt heute Abend." Ich rollte mit den Augen und lächelte Logan dann an. „Und nun geh schon! Ich will nicht, dass du zu spät kommst. Hier ist alles in bester Ordnung." Ich schob ihn raus und winkte ihm, als er tatsächlich ging. Dann schloss ich die Tür, seufzte laut und fing zu putzen an. Ich wollte alles ordentlich hinterlassen.

Nach gefühlten Stunden blitzte und funkelte die Wohnung. Zufrieden stemmte ich die Hände in die Hüften und betrachtete voller Stolz mein Werk.

Fertig! Jetzt konnte ich in Ruhe ein paar meiner Kartons in den Wagen laden und zu meinem neuen Zuhause fahren.

Betty hatte sich natürlich nicht zum Putzen hinreißen lassen, sondern sich lieber die Nägel lackiert. Als sie bemerkte, dass ich fertig war, sprang sie voller Freude auf, schnappte sich ein paar Sachen und war bereit, in ein neues Leben zu starten.

Ich ging mit dem ersten Karton in den Vorhof, überquerte diesen und packte ihn vor der Anlage in den Wagen. Da ich dieses ewige Auf- und Zuschließen der Wohnung nicht leiden konnte, lehnte ich die Haustür einfach nur an. Wieder zurück im Hof, kamen mir Juanita und Mason entgegen.

„Huhu, Regina!" Juanita winkte mir zu. „Ist es denn schon so weit? Ziehst du heut um? Ich habe dich gerade mit einem großen Karton hier entlanggehen sehen."

„Hallo, Juanita, Mason. Ja, heute ist der große Tag. Ich packe bereits die ersten Umzugskartons und Logan holt dann später nach der Arbeit den Rest." Ich lächelte beide an, wobei mir Masons stechender Blick heute durch und durch ging.

„Soll dir Mason helfen, Liebes? Die sind doch sicherlich viel zu schwer zum Tragen. Er macht das gerne, nicht wahr, Schatz?" Sie strich ihm liebevoll über den Arm und schmachtete ihn von der Seite an.

„Natürlich mache ich das gern, mein Schnurpselchen." Er legte seine Hand auf ihre und schaute mich erwartungsvoll an.

„Nein, nein, das geht schon. Ich hole nur noch einen oder zwei weitere Kartons. Aber danke für das Angebot."

„Ach was, wenn wir zu zweit sind, müssen Sie nur noch einmal laufen." Mason machte eine wegwerfende Handbewegung und schon gingen wir drei zurück zu meiner Wohnung. Unbehagen kroch in mir hoch und ich war froh, dass ich bald fahren konnte.

Ich lotste Mason in mein Schlafzimmer und teilte ihm mit, welche Kisten ich noch bräuchte. Er nahm die schwerere und Juanita half mir bei der anderen.

Bein Auto angelangt, hievte Mason alles in den Kofferraum und auf den Rücksitz.

„Wohin ziehst du denn jetzt, wenn ich fragen darf?" Mason schaut mich neugierig an.

„Aber Liebling, ich habe dir doch gesagt, dass Regina mit Agent Devenport zusammenzieht."

Mason schnaubte leicht.

„Ja, das hast du, aber nicht wohin genau." Er versuchte zu lächeln, was aber ziemlich misslang.

„Es ist gar nicht weit von hier. Dort, wo die Einfamilienhäuser beginnen", antwortete ich wage.

„Oh, wie schön, das ist eine tolle Gegend. Soll ich vielleicht mitfahren, um Ihnen beim Ausräumen zu helfen?" Mason setzte eine unschuldige Miene auf und mein Misstrauen wuchs und wuchs.

„Ist er nicht ein Gentleman? Oh Regina, er ist wunderbar! Nimm sein Angebot ruhig an." Juanita strahlte mich an. Ich wusste ja, dass sie seit Jahren verzweifelt einen Mann suchte, Aber ich verstand nicht, dass sie sich gleich so an den Erstbesten, der des Weges kam, ranschmeißen musste.

„Nein, nein. Das geht jetzt auch so. Vielen Dank euch beiden. Wenn dann die Einweihungsfeier kommt, dann seid ihr natürlich auch herzlich eingeladen." Ich drückte Juanita zum Abschied und gab Mason die Hand. Danach ging ich um das Auto rum, stieg ein und fuhr los. Ich schaute in den Rückspiegel und war irgendwie erleichtert, von den beiden weg zu sein. Nein, eigentlich nur von Mason.

Ich fuhr die Straße entlang, das Seitenfenster ganz unten, und spürte den Wind in meinen Haaren. Es fühlte sich fantastisch an. Es war kaum Zeit, um die Sonne zu genießen, denn schon war ich an meinem Ziel angekommen, stieg aus und legte eine Hand auf das Autodach. Dann betrachtete ich mein neues Heim in Ruhe. Es sah super aus. Gepflegt, relativ neu, eine große Hecke um das Grundstück, sodass der Pool vom Eingang aus nicht zu sehen war. Ein kleines Stückchen Himmel auf Erden.

Ich seufzte und mir wurde etwas schwer ums Herz. Könnte ich doch nur meinen Eltern hier von erzählen oder sie einladen. Dann wäre alles perfekt. Ich vermisste sie; Momenten wie diesen ganz besonders.

Ich ging zum Kofferraum, öffnete ihn und nahm die erste große Kiste heraus. In dieser Gegend wurden zwar nicht viele Verbrechen verübt, aber ich wollte das Glück nicht herausfordern, und so sperrte ich mein Auto wieder ab. Die Eingangstür ließ sich zum Glück schnell mit einer Hand öffnen, während ich die Kiste gehen die Wand neben der Tür presste, um sie nicht abstellen zu müssen.

Ich verschwand im Haus, stellte sie im Wohnzimmer auf den Boden und fand eine rote Rose mit einem kleinen Zettel davor auf dem Tisch stehend. *Welcome Home* stand darauf und mir wurde warm ums Herz. Voller Freude huschte ich zurück zum Wagen, um die nächste Kiste zu holen.

Kapitel 22

Ben

Regina stieg ein und fuhr los. Juanita zog mich wieder zurück in die Anlage und säuselte mir bereits wieder etwas ins Ohr. Ich achtete nicht darauf, was sie sagte, denn meistens war es sowieso nur irgendein Klatsch und Tratsch.

„Liebling, ich unterbreche dich nur ungern, aber ich habe vergessen, dass ich noch etwas erledigen muss. Es ist dringend. Ich komme später wieder, in Ordnung?" Ich versuchte, ihren Arm loszuwerden, doch Juanita krallte sich richtiggehend fest.

„Etwas erledigen? Aber was könnte denn jetzt so wichtig sein? Komm lieber mit rein, ich weiß etwas, dass dir sicher besser gefallen wird!" Verschwörerisch zwinkerte sie mir zu und zog wieder an meinem Arm.

„Nein, das muss ich sofort erledigen, sonst vergesse ich es wieder. Es ist für meinen Bruder. Ich sollte ihm ein Geschenk für seine Frau besorgen. Das braucht er heute, da es eine Überraschung sein soll. Sonst könnte er es ja selbst besorgen." Ich riss mich los, küsste sie flüchtig auf die Wange und drehte mich um. Zügig ging ich zum Ausgang der Anlage und hörte Juanita hinter mir noch etwas rufen, doch ich achtete nicht weiter drauf. Vermutlich war es sowieso nur die Erinnerung, dass ich mich beeilen solle, da sie auf mich warten würde. Diese Frau war extrem notgeil und ich froh, dass ich sie endlich nicht mehr ertragen musste.

Mit einem diabolischen Grinsen im Gesicht stieg ich in mein Auto, das um die Ecke parkte und fuhr Regina hinterher. Mein Herz klopfte wild vor Aufregung. Diesmal würde sie für immer mir gehören! Als ich vor Ort war und sie sah, geriet mein Puls völlig außer Kontrolle. Ich sah ihr kurz zu, wie sie einen Karton aus dem Kofferraum hievte und ihn ins Haus trug. Dann parkte ich mein Auto nicht allzu weit weg, da ich es gleich wieder benötigte.

Regina kam wieder heraus und achtete nicht weiter auf ihre Umgebung. Gut für mich, so konnte ich unbemerkt aussteigen und geradewegs auf sie zugehen. Als ich direkt hinter ihr stand, konnte ich schwach ihr Parfüm riechen. Es war ein anderes als damals, doch es passte wunderbar zu ihr.

„Hallo, Aurelie. Hast du mich vermisst?"

Sie erstarrte, hielt die Luft an und ich wartete auf eine Attacke ihrerseits. Schließlich hatte sie doch einen Selbstverteidigungskurs besucht, aber nichts geschah. Sie bewegte sich einfach nicht.

„Oh, schön, dass du es mir so einfach machst. Ich hatte mit etwas mehr Gegenwehr gerechnet. Alsooo … darf ich bitten? Wir werden endlich vereint sein, und zwar für immer! Freust du dich denn gar nicht?"

Plötzlich schnellte Aurelie herum und versuchte, mir eine Ohrfeige zu geben. Gekonnt fing ich ihre Hand ab.

„Na, na, na. Was ist denn das für eine Begrüßung?" Zufrieden blickte ich kurz zum Haus, in welches sie jetzt nicht mehr einziehen würde.

„Tja, hier wirst du jetzt wohl nicht mehr wohnen. Aber keine Sorge, ich habe auch ein wunderbares Plätzchen für uns." Kalt lächelte ich sie an.

Aurelie blickte mich kurz aus verwirrten Augen an, doch dann erkannte sie mich, ich war ja immer noch als Mason verkleidet. Langsam zog ich den Bart ab und entfernte die Zahnschiene, die meine Zähne etwas schief aussehen ließ.

„Lass. Mich. Sofort. Los!", zischte sie wie eine wütende Schlange. „Oder ich werde so laut schreien wie nie zuvor!"

„Sch, sch, sch. Sag so etwas nicht. Du willst doch nicht, dass Georg oder deinen Eltern etwas zustößt! Ah, ich könnte natürlich auch meinen Konkurrenten aus dem Weg schaffen, dann hätte ich dich sicher für mich alleine!" Ich zeigt ihr unauffällig meine Waffe und packte sie am Oberarm.

„Und jetzt rein da vorne in mein Auto. Verabschiede dich von alldem, denn diesmal wird dir keiner zu Hilfe kommen!" Ich schupste sie unsanft Richtung Auto. Bevor ich Sie jedoch mit Handschellen an der Innenseite der Autotür fixierte, ließ ich mir noch ihr Handy geben.

„Vielen Dank, Liebes. Du siehst, ich habe aus meinen Fehlern gelernt!" Danach klickten die Handschellen. Als ich um das Auto ging, blickte ich mich unauffällig um. Da mir nichts auffiel, legte ich das Mobiltelefon vor den Vorderreifen, stieg ein und schon fuhren wir gemütlich los. Ich hörte das Krachen des Handys, als die Reifen es erwischten, und ein Lächeln breitete sich auf meinem Gesicht aus. Wir fuhren aus der Stadt Richtung Hollywood Hills. Aurelie sagte die ganze Zeit über kein Wort, sondern blickte nur aus dem Fenster. Ob sie bereits aufgegeben hatte oder nach einer Fluchtmöglichkeit suchte, konnte ich nicht sagen. Es war mir aber auch relativ egal, denn dieses Mal würde sie nicht entkommen können. Sie würde für immer und ewig mir gehören. Ich würde sie leiden lassen. So wie ich die letzten Jahre gelitten hatte.

Als wir fast am Ziel angekommen waren, schien Aurelie aus ihrer Starre zu erwachen. Sie blinzelte und blickte sich um.

„Wir fahren nicht aus L.A. hinaus? Was machen wir denn in den Hills? Willst du mich hier im Wald verscharren?"

Ich musste unwillkürlich lachen. Diese Vorstellung war genau das Gegenteil von dem, was ich vorhatte.

„Nein, Liebes. Hier ist unser vorübergehendes Zuhause. Gut versteckt vor den Augen aller. Ich habe hier einen Trailer im Dickicht stehen und die letzten Wochen kam kein einziger Spaziergänger oder Nachbar vorbei. Das perfekte Versteck für die nächsten Tage, damit du siehst, dass dich diesmal wirklich keiner retten kann. Später brechen wir dann nach Mexiko auf und kaufen uns dort ein Haus. Vielleicht direkt am Strand? Was meinst du? Würde dir das gefallen, wo du doch so gern am Meer bist?"

„Mir würde es gefallen, wenn du endlich tot wärst und ich dich für immer los wäre!" spie sie mir entgegen.

„Oh, das wird leider nicht passieren, Liebes. Und solltest du auf dumme Gedanken kommen, werde ich dich mit in den Tod reißen, sodass wir auch im Jenseits vereint sind." Ich sah ihr an, dass sie nicht an meinen Worten zweifelte. In diesem Moment bog ich auf den zugewachsenen Weg ein, an dessen Ende mein Wohnwagen stand. Durch Äste und Zweige gut vor neugierigen Augen versteckt. Ich half ihr aus dem Wagen und ihre Augen starrten ungläubig zuerst auf unsere Bleibe und dann auf mich.

„Ist das dein Ernst? Ein Trailer? Und wie lange sollen wir hier hausen?"

„Hausen würde ich das nicht nennen. Er ist wirklich sehr gemütlich. Ich hatte mir vorgestellt, dass wir erst mal eine Woche hier verbringen. Es ist deine eigene kleine Gefängniszelle, wobei diese wesentlich luxuriöser ist, als meine jemals war. Also, darf ich bitten?" Ich führte sie zur Tür des Campers, schloss diesen auf und half ihr beim Einsteigen. Drinnen zeigte ich ihr alles indem ich ganz hinten begann: die Schlafplätze, die Toilette mit integrierter Dusche, die kleine Küchenzeile und die Essecke. An dieser befahl ich ihr, sich zu setzen, damit ich sie wieder mit den Handschellen fixieren konnte.

„Ich habe genügend zu essen und zu trinken gebunkert. Möchtest du etwas? Ein Glas Wasser vielleicht?" Ich wollte ja kein schlechter Gastgeber sein. Aurelie nickte und ich stellte ihr einen Plastikbecher vor die Nase. Ich war so ziemlich auf alles vorbereitet. Spitze Gegenstände oder welche, die zerbrechen und als Waffe missbraucht werden könnten, gab es hier nicht. Es gab auch keinen Spiegel, den hatte ich vorsorglich aus dem kleinen Bad entfernt. Aurelie schien meine Gedanken lesen zu können und sprach mich darauf an: „Clever! Das muss ich schon sagen. Lass mich raten, sämtliches Besteck ist aus Plastik?"

„Gut geraten. Ich sagte doch, ich habe aus meinen Fehlern gelernt!"

■■

Inzwischen bei Logan und Henry

Logan:

„Endlich Feierabend! Also schönes Wochenende euch allen!" Meine Hand zum Gruß hebend, verlies unser Büro. Ich freute mich darauf, zu Hause auf Regina zu stoßen und ihr dabei zu helfen, die restlichen Kartons aus der alten Wohnung zu holen. Ein glückliches Lächeln breitete sich auf meinem Gesicht aus, während ich den Knoten meiner Krawatte löste und mich dann auf den Weg machte. Ich würde gleich bei Henry vorbeischauen, sicherlich konnte ich bereits etwas mitnehmen, dann mussten wir nicht so oft hin und her fahren. Sicher, Regina hatte nur ein eigenes Zimmer, aber dort und auch in der restlichen Wohnung hatte sich die letzten Jahre doch so einiges angesammelt, das sie gerne mitnehmen wollte und von dem sich Henry trennen konnte. Die Möbel blieben zum Glück dort, weil ich ja ein voll eingerichtetes Haus besaß. Da mussten wir zumindest nicht zu schwer schleppen.

Bei Henry angekommen, sah ich ihn mit Juanita im Hof tratschen.

„Hey, Juanita. Henry. Wie geht's?" Fröhlich ging ich auf die beiden zu.

„Hi, Logan! Danke, bis jetzt ist alles ok." Henry klopfte mir auf den Rücken. Juanita war nicht so gnädig. Sie zog mich in eine feste Umarmung.

„Logan, mein Hübscher. Hast du Regina nicht mitgebracht? Ich wollte ihr noch eine Pflanze mitgeben für euer Heim."

„Nein, ich bin direkt vom Büro aus hierhergefahren. Ich wollte gleich noch ein paar Kartons mitnehmen, damit wir nicht so oft fahren müssen."

„Ein Mann der mitdenkt! Das gefällt mir!", gab Juanita begeistert von sich und zwinkerte mir zu.

„Aber Juanita, du hast doch einen Freund", entgegnete ich und zwinkerte ihr amüsiert zurück.

„Stimmt! Mason ist gerade weg. Ich hoffe, er beeilt sich mit seinen Besorgungen, denn ich habe da etwas für ihn." Verschwörerisch schaute sie uns in die Augen und fing dann laut an zu lachen. Henry blickte verlegen zu Boden: „Äh, ja. Zu viele Informationen!"

Jetzt stiegen auch wir Männer in das Lachen ein. Ich schlug Henry leicht auf den Rücken und wir verabschiedeten uns von Juanita. In der Wohnung bekam ich einen Überblick, was noch alles mitgenommen werden musste, und stöhnte auf.

„Puh, das ist doch noch mehr, als ich vermutet hatte!" Ich stemmte eine Hand in die Hüfte und fuhr mir mit der anderen durch die Haare. Henry lachte auf.

„Das sind die Frauen, Mann! Shauna hat sich auch schon ausgebreitet und hier Sachen mitgebracht. Davon hab ich gar nichts mitbekommen. Sie übernehmen eben doch die Weltherrschaft, ganz heimlich, still und leise. Und am Ende schauen wir Männer in die Röhre!"

„Sieht so aus. Hilfst du mir beim Tragen?"

„Klar. Ich nehme die Kiste hier. Fang du doch mit dieser da drüben an. Die sieht schwer aus und du bist ja gut trainiert."

Ich warf Henry einen übertrieben leidenden Blick zu, dann machten wir uns an die Arbeit. In mein Auto passten leider weniger Kartons, als ich gehofft hatte, aber das war nun mal nicht zu ändern, und so fuhr ich voll beladen los.

Pfeifend bog ich in die Straße ein, in der mein Haus stand, und konnte von weitem auch schon Reginas Auto stehen sehen. Ich konnte direkt hinter ihr parken. Ich stieg aus, schnappte mir eine Kiste und ging zur Eingangstür. Sie war geschlossen, weshalb ich meinen Schlüssel aus der Hosentasche zog, aufsperrte und ins Haus hineinrief.

„Liebling, ich bin zu Hause! Was gibt es zum Essen?" Es sollte ein kleiner Scherz sein, aber ich bekam keine Antwort; auch tauchte Regina nicht auf, um mich zu begrüßen.

„Regina? Hallo? Hast du mich gehört? Wo steckst du?" Ich legte meinen Schlüssel auf das Sideboard, stellte die Kiste im Flur ab und ging ins Wohnzimmer. Die Rose und das Zettelchen lagen auf dem Tisch, jedoch nicht mehr so, wie ich sie platziert hatte. Regina hatte sie also gefunden. Ich ging weiter in den Garten und rief erneut nach ihr. Nichts. *Vielleicht ist sie im Badezimmer*, überlegte ich. Verschwand also wieder im Haus und ging nach oben, blickte dabei noch kurz in die Küche, aber auch diese war leer.

„Regina, Liebling, bist du oben?" Ich hatte noch die Hoffnung, dass sie vielleicht in der Badewanne auf mich wartete oder auf dem Bett eingeschlafen sein könnte. Doch in meiner Bauchgegend breitete sich ein seltsames Gefühl aus. Ich sprintete also die Treppen hinauf, riss sie Schlafzimmertür auf – nichts. Dann die Badezimmertür – nichts. Das ungute Gefühl wuchs. Ich rief erneut ihren Namen, bekam aber immer noch keine Antwort. Jetzt durchsuchte ich jedes einzelne Zimmer, ob sie irgendwo vielleicht ohnmächtig geworden sein könnte. Fand sie jedoch nicht. Ich drehte mich im Kreis und fuhr mir durch die Haare. Das konnte doch nicht sein, alles war an seinem Platz. Es gab keinen Hinweis, dass etwas nicht stimmte. Dann dachte ich laut nach: „Vielleicht ist sie einkaufen gegangen?" Doch das war Quatsch, dazu hätte sie das Auto benötigt, da es fußläufig kein Geschäft gab.

„Das Auto!", rief ich laut und schon war ich auf dem Weg nach unten und zur Tür hinaus. Am Wagen angekommen, schaute ich, ob Regina vielleicht im Inneren lag, aber auch hier Fehlanzeige. Das Auto war abgeschlossen. Ich zog mein Handy aus der Tasche und versuchte, sie anzurufen. Nichts. Nur die Mailbox. Das war nicht ihre Art. Sie hatte ihr Telefon immer bei sich und laut gestellt. Panik kroch langsam meine Glieder hoch. Ich schaute mich um. *Was war hier nur los?* Ich rief bei Henry an und wollte nachfragen, ob sie vielleicht doch noch mal in ihrer alten Wohnung aufgetaucht war.

„Henry? Hi. Ja, sag mal, ist Regina zufällig bei dir? Ich kann sie hier nirgends finden. Komischerweise steht das Auto aber vor meinem Haus." Während Henry mir noch versicherte, er hätte sie seit heute Morgen nicht mehr gesehen, ging ich etwas auf und ab. Plötzlich bemerkte ich auf der Straße etwas glitzern, das nach Glasscherben aussah. Langsam ging ich hin und sah, dass es ein Mobiltelefon war.

„Scheiße, das ist ihr Handy!" entfuhr es mir.

„Logan? Was ist los?" Henry klang gefasst, doch es schwang auch Angst in seiner Stimme mit.

„Ich hab Regis Telefon gefunden. Es liegt zerstört auf der Straße, als ob jemand mit einem Auto drübergefahren wäre." Ich blickte mich erneut um. Außer mir befand sich gerade niemand auf der Straße. *Wie lange mochte es her sein, dass Regina entführt wurde?*, fragte ich mich. Denn davon ging ich jetzt als Agent instinktiv aus.

„Verdammter Mist!" keuchte Henry. „Was jetzt? Denkst du, sie wurde entführt, könnte es vielleicht sogar Ben gewesen sein?"

„Ich bin mir sogar ziemlich sicher! Henry, hör zu, ich setze mich mit meinen Kollegen in Verbindung, vielleicht können wir so schneller finden. Du bleibst zu Hause! Ich weiß nicht, was er vorhat. Vielleicht bist du auch in Gefahr. Bleib einfach, wo du bist, ich halte dich auf dem

Laufenden!" Ohne eine Antwort abzuwarten, legte ich auf und rief in der Arbeit an.

„Agent Devenport am Apparat. Ich muss eine Vermisste melden, vermutlich ein Entführungsopfer. Es handelt sich um Regina Phalange. Sie ist meine Freundin."

Kapitel 23

Logan

Während ich alle Hebel in Bewegung setzte, die Kollegen instruierte und versuchte, Spuren zu finden und zu sichern, kam plötzlich mein Vorgesetzter auf mich zu.
„Logan, ich muss mit Ihnen reden."
„Was gibt's, Boss? Schon ein Hinweis? Wurde schon jemand zu Howard Weckner geschickt? Er weiß bestimmt etwas. Er muss etwas wissen!"
„Logan, ganz ruhig! Wir kümmern uns um alles. Aber ich muss Sie von dem Fall abziehen. Sie sind persönlich involviert und wissen selbst, dass das gegen die Vorschriften ist. Es tut mir leid, aber hier ist das Ende für Sie. Sobald wir etwas erfahren, werden wir Sie benachrichtigen." Er legte eine Hand auf meine Schulter, schaute mich ernst, aber mitfühlend an und ließ mich sprichwörtlich im Regen stehen.
„Verdammter Mist! Das darf doch nicht wahr sein!", schimpfte ich vor mich hin, da ich unfähig war, etwas anders zu tun. Natürlich wusste ich, dass ich nicht mehr ermitteln durfte, aber zu Hause sitzen und nichts tun, konnte ich auch nicht. Ich ging zu einem meiner Kollegen, mit dem ich mich sehr gut verstand, und bat ihn, mich über jeden kleinen Schritt zu informieren. In der Zwischenzeit würde ich bei Henry bleiben und überlegen, wo sich Ben mit Regina aufhalten könnte.

Der Tag neigte sich dem Ende zu und es gab keinen brauchbaren Hinweis, wo Regina abgeblieben sein könnte. Henry und ich tigerten in Henrys Wohnung auf und ab. Ich raufte mir die Haare und trank literweise Kaffee. Da ich wusste, dass die Kollegen bald die Suche für heute abbrechen und morgen erst wieder die Arbeit aufnehmen würden, war ich fertig mit den Nerven.

„Denkst du, er wird sie töten?" holte mich Henry plötzlich aus meinen Gedanken.

„Ich weiß es nicht. Ganz ehrlich, ich hab keine Ahnung, was in ihm vorgeht nach all den Jahren. Ich könnte mir allerdings vorstellen, dass seine Besessenheit in Hass umgeschlagen ist, und das ist ein sehr gefährlicher Ausgangspunkt. Verdammt, ich hätte mir heute freinehmen sollen und sie nicht alleine lassen dürfen!"

„Mach dir keine Vorwürfe, ich war doch auch nicht da. Wir dürfen sie nicht verlieren, Logan!"

„Ich weiß, Kumpel. Ich weiß."

Irgendwann musste ich wohl auf der Couch eingeschlafen sein, denn die Türklingel ließ mich aufschrecken. Henry kam aus seinem Zimmer gerannt und wir standen beide voller Anspannung einem meiner Kollegen gegenüber, als wir die Tür öffneten.

„Morgen. Ich komm mal gleich zur Sache. Es gibt bisher keine Spuren, die den Verbleib von Regina oder diesem Benjamin Bing erklären könnten. Wir haben seinen Bruder die ganze Nacht über verhört, aber er schwört, nicht zu wissen, wo Ben sich aufhalten könnte. Zudem weiß er nicht, was dieser plant. Er klang ziemlich glaubhaft. Hatte wenig Kontakt zu seinem Bruder in den letzten Jahren und ließ ihn nur in seinem Poolhouse wohnen, weil er Familie ist. Sie haben sich nicht wirklich oft gesehen, da Ben wohl selten zu Hause war. Zumindest die letzten Wochen über."

Ich fluchte innerlich und fuhr mir durch die zerzausten Haare. Just in dem Moment kam Juanita über den Garten zu uns herüber.

„Ach, Logan. Gut, dass du da bist. Ich wollte nur fragen, ob du Mason gesehen hast. Er hat sich seit gestern nicht mehr gemeldet. Hoffentlich ist ihm nichts Schlimmes passiert!"

„Juanita, ich weiß, du machst dir Sorgen um Mason, aber Regina wird vermisst. Sie wurde entführt und wir haben jetzt wirklich anderes zu tun, als uns um deinen Freund zu kümmern. Er wird schon wiederkommen!" Ich war ziemlich ungehalten, denn Juanita klammerte sich ja krampfhaft an jeden Mann, den sie in die Finger bekam. Mich hätte es daher nicht gewundert, wenn Mason das Weite gesucht hätte. Mit hängenden Schultern ging sie wieder zurück in den Hof und setzte sich unter ihren Lieblingsbaum, um die Szenerie zwischen den Agents, Henry und mir zu beobachten. Sofort bekam ich ein schlechtes Gewissen. Ich würde später noch mal mit ihr sprechen, aber Regina war jetzt erst mal wichtiger.

„Habt ihr auch seine Frau befragt? Und was ist mit den Nachbarn?", fragte ich Agent Brown, einen großgewachsenen, akkuraten Kollegen von mir.

„Wir sind doch keine Anfänger, Logan! Natürlich haben wir alle befragt. Mrs. Weckner konnte Ben noch nie leiden, daher hat sie Howard auch dazu gebracht, ihren Nachnamen anzunehmen. Sie wollte so wenig wie möglich mit der Familie ihres Mannes zu tun haben. Sie war auch nicht einverstanden damit, dass Ben im Poolhouse wohnte. Es interessierte sie auch herzlich wenig, was er so den ganzen Tag machte. Die Nachbarn der Weckners wissen hierzu überhaupt nichts. Haben weder etwas gesehen noch gehört. Wir suchen also weiter und befragen als nächstes deine Nachbarn, Logan. Vielleicht hat da jemand etwas gesehen, als Regina mir ihren Kartons zu dir kam."

„Argh! Ich kann hier nicht einfach tatenlos rumsitzen! Kannst du mir nicht eine kleine Aufgabe geben? Komm schon, Mann!"

„Du weißt, das ist nicht erlaubt. Tut mir leid, Kumpel!" Damit ging Agent Brown und Henry und ich standen wie bestellt und nicht abgeholt in der Tür und sahen ihm nach.

In diesem Moment kam eine etwas verwirrt dreinschauende Shauna zu uns. Sie hatte von dem ganzen Trubel, der seit dem vergangenen Abend los war, noch nichts mitbekommen.

„Hallo, Jungs. Was ist denn hier los? Überall sind Leute vom FBI. Ich nehme mal an, deine Kollegen, Logan? Man könnte glatt meinen, es wäre jemand entführt oder umgebracht worden", scherzte sie leichthin.

Henry und ich sahen erst uns, dann Shauna an.

„Komm mit, Liebes, ich muss dir etwas sagen."

Jetzt blickte sie noch verwirrter zwischen uns hin und her, ließ aber zu, dass Henry sie mit einer Hand im Rücken ins Wohnzimmer führte. Ich schloss die Wohnungstür und überlegte fieberhaft, was ich übersehen haben könnte, oder wohin Ben mit Regi verschwunden sein könnte. Henry erzählte seiner Freundin, die immer bleicher wurde, inzwischen die ganze Geschichte von Anfang bis zum jetzigen Zeitpunkt. Um den beiden den nötigen Freiraum zu lassen, fuhr ich zu mir nach Hause. Dort durchsuchte noch mal alles von unten bis oben, aber ich entdeckte wieder nichts Neues.

∎∎∎∎∎∎∎∎∎∎∎∎∎∎∎∎∎∎∎∎∎∎∎∎∎∎∎∎∎∎∎∎∎∎∎

Inzwischen bei Regina

Die Zeit verging für mich quälend langsam. Seit drei Tagen durfte ich mich nur bewegen, wenn ich zur Toilette musste oder meinen Platz an der Essecke gegen den im Schlafzimmer tauschte. Natürlich wurde ich auch dort gefesselt, sodass ich in der Nacht auch nicht fliehen konnte. Ich zog es sogar vor, mich die erste Nacht nicht umzuziehen und in meiner Kleidung zu schlafen. Bisher gab es keine Möglichkeit für mich zu entkommen. Es gab keine scharfen oder spitzen Gegenstände. Nichts, womit ich die Handschellen hätte öffnen können. Es war, als wäre ich lebendig begraben worden. Mir blieb jedoch im Gegensatz dazu genügend Luft zum Atmen. Durch das Fenster konnte ich aber wenigstens einen Blick nach draußen erhaschen.

Ben wirkte immer sehr geschäftig. Mal ging er in den Wald spazieren oder sammelte etwas, aber immer nur kurz, damit ich ja nichts anstellen konnte. Dann kochte er, löste Kreuzworträtsel, quasselte mich voll mit seinen Plänen oder redete darüber, was ich ihm die letzten Jahre alles genommen hatte. Wenn er von seiner Zeit im Gefängnis sprach, wurde seine Stimme eisig und sein Blick schweifte in die Ferne. Er wurde wütend und ein paar Mal dachte ich, jetzt würde er mich schlagen. Doch er bekam sich immer wieder in den Griff. Die Frage war nur, wie lange noch. Ich sprach indessen kein Wort. Was er mir vorsetzte, aß und trank ich, und deutete nur auf die Toilettentür, wenn ich mal musste. Ansonsten war ich stumm wie ein Fisch und litt vor mich hin.

An dem Szenario änderte sich leider auch die folgenden Tage nichts und ich fühlte mich, wie in der Hölle auf Erden gefangen. Mein Peiniger ließ mich kaum aus den Augen und freute sich von Tag zu Tag mehr, dass ihm keiner auf die Schliche kam. Ich hingegen verzweifelte stetig. Das jedoch nur innerlich, denn ich wollte ihm nicht noch mehr Genugtuung gönnen.

„Siehst du, meine Hübsche, es kommt einfach keiner. Es ist wunderbar, wenn der Plan, an dem ich so lange gearbeitet habe, aufgeht." Er rieb sich die Hände und sah dabei aus wie Rumpelstilzchen. „Ich denke, übermorgen können wir von hier verschwinden. Die Grenze wird uns sicher keine Schwierigkeiten machen, denn es weiß ja keiner, dass wir mit einem Trailer unterwegs sind. Und als Mason erkennt mich sowieso niemand. Habe ich ja an dir gesehen!" Er lachte laut auf. „Komm, es wird Zeit für deinen ersten *Hofgang* oder besser gesagt *Waldgang*. Deine Beine schmerzen sicher schon. Außerdem möchte ich nicht, das du auf die Schnelle irgendwo eine offene Stelle vom Sitzen entwickelst."

Er schloss die Handschellen auf, packte mich am Arm und führte mich nach draußen. Ich war etwas wackelig auf den Beinen und tatsächlich froh, dass Ben mich festhielt, sonst wäre ich vermutlich hingefallen. Nach ein paar Schritten besserte sich meine Beweglichkeit wieder. Nun wäre es mir lieber gewesen, wenn er mich losgelassen hätte, aber natürlich tat er das nicht. Die Zeit an der frischen Luft war leider viel zu schnell vorbei, und schon saß ich wieder auf der Bank am Esstisch und starrte wieder aus dem Fenster. Ben ließ die Handschellen probeweise weg. Er wollte mich wie eine normale Gefangene in einem Gefängnis behandeln – eben wie es bei ihm gewesen ist. Das wiederum führte dazu, dass er mich nun noch weniger aus den Augen ließ, aus Angst, ich könnte fliehen oder etwas aushecken. Ich zog es vor, mich so wenig wie möglich zu bewegen, nur wenn ich es auf der Eckbank wirklich nicht mehr aushielt. In diesen Zustand kam ich aber auch nur am Tag, denn nachts kettete er mich nach wie vor ans Bett.

■■

Logan

Meine Haare wiesen vereinzelt bereits lichtere Stellen auf, da ich sie mir die letzten Tage buchstäblich ständig raufte, weil ich auf irgendeinen Hinweis oder eine Spur hoffte. Es waren bereits mehrere Tage vergangen und es gab nicht den kleinsten Hinweis, wo Ben und Regina waren. Es wurden zahlreiche Leute befragt, Überwachungskameras gesichtet, die Bankkonten von Ben und Regina überwacht, aber nichts. Inzwischen sagte man mir, ich sollte mit dem Schlimmsten rechnen. Damit wollte ich mich aber nicht abfinden und eine leise Stimme in meinem Kopf sagte mir, dass Ben auch nicht vorhatte, Regina zu töten. Er wollte Rache, ja. Aber das war nicht seine Art. Zumindest nicht vor dem Gefängnis; und ich war mir sicher, jetzt auch nicht. Das hieß, dass sie irgendwo dort draußen war und darauf wartete, gerettet zu werden. Ich wusste nur nicht, wo.

Henry ging es nicht besser. Zumindest Shauna hatte die ganze Geschichte mittlerweile verdaut. Wir standen im Hof und unterhielten uns, als Juanita zu uns kam. Sie rieb sich die Hände und sah geknickt aus.

„Hallo, ihr drei. Habt ihr schon eine Spur, wo Regina sein könnte?"

„Hallo, Juanita. Nein, bisher noch nicht. Aber wir suchen weiter."

Sie nickte und als sie sah, dass ein Officer auf uns zukam, eilte sie ihm schon entgegen. Ich hörte nur mit einem Ohr hin, da ich bereits wieder mit Henry sprach. Der Polizist war leicht gereizt, weil Juanita ihn wohl schon öfter angesprochen hatte, und versuchte sie abzuwimmeln.

„Hören Sie, ich sagte Ihnen doch bereits, wenn kein Verdacht besteht, dass der Person etwas zugestoßen ist, kann ich auch keine Vermisstenmeldung aufnehmen. Ich vermute eher, dass sich ihr Freund aus dem Staub gemacht hat und so ein unangenehmes Gespräch vermeiden wollte!"

Juanita fing an zu schluchzen, weshalb ich zu ihr ging und sie trösten wollte.

„Was ist hier denn los, Officer?"

Mit nassen Augen wandte Juanita sich zu mir.

„Ach, Logan, ich wollte dich nicht belästigen, da du ja bereits mit Reginas Fall beschäftigt bist, aber ich kann Mason nicht mehr erreichen! Es ist, als wäre er vom Erdboden verschluckt worden. Sein Handy ist aus, es geht nur die Mailbox ran und er reagiert überhaupt nicht."

Ich wurde hellhörig.

„Was sagst du da? Mason ist weg? Wann hast du ihn zuletzt gesehen, über was habt ihr geredet, kannst du dich noch erinnern?" Ich sah sie prüfend an.

„Es war letzten Freitag, bei Reginas Umzug. Ich fragte sie noch, ob Mason ihr mit den Kartons helfen solle, aber sie verneinte. Mason und ich hielten uns noch eine Weile im Hof auf, als ihm plötzlich einfiel, dass er noch ein Geburtstagsgeschenk für seine Schwägerin besorgen musste. Ich wollte erst nicht, dass er geht. Doch er meinte, es wäre wichtig und er müsste das jetzt sofort besorgen. Für seinen Bruder. Dann ging er und ich habe seither weder etwas von ihm gehört noch ihn gesehen." Sie nahm ein Taschentuch aus ihrer Hosentasche und schnäuzte sich ausgiebig.

„Letzten Freitag? Bist du dir da sicher? Wieso weiß ich nichts davon? Egal. Wo wohnt Mason? Ich mache mich gleich auf den Weg und schaue, ob er zu Hause ist!"

Juanita schaute betreten zu Boden.

„Also eigentlich weiß ich nicht, wo er wohnt. Es hat sich irgendwie nicht ergeben, dass es zur Sprache kam, und mir gefällt es bei mir zu Hause sowieso immer besser als in einer fremden Wohnung. Übrigens habe ich versucht, es dir zu sagen, euch allen! Aber es wollte ja keiner hören! Jeder dachte nur, die Alte ist mal wieder abserviert worden." Jetzt war sie gekränkt und ich konnte es sogar verstehen. Jeder hier war auf Regina fixiert. Ich schämte mich und gleichzeitig sagte mir mein Bauchgefühl sofort, dass es sich bei Mason um Ben handeln musste. Zwei verschwundene Personen am selben Tag war schon ein großer Zufall. Stöhnend fuhr ich mir zum Hundertsten Mal durch die Haare und über mein Gesicht. Wieso war mir das nur vorher nicht aufgefallen? Verdammt, er war echt gut!

„Juanita, kannst du dich an irgendetwas erinnern, das Mason mal gesagt hat und uns seinen Aufenthaltsort verraten könnte? Hat er von einem verlassenen Haus gesprochen? Wollte er mal ins Ausland? Irgendwas?"

Juanita zermarterte sich das Hirn.

„Er hat nicht viel über die Zukunft oder seine Pläne gesprochen, nur dass er gerne im Wald ist."

„Im Wald? Hier in L.A.? Wo soll denn hier ein Wald sein?" Ich lachte frustriert auf.

„Und irgendwann hat er mal am Rande einen Trailer erwähnt. Aber wirklich nur einmal und da schien es so, als würde er mehr mit sich selbst reden und nicht mit mir. Ich hatte mich schon gefreut, denn ich hoffte, dass wir zusammen einen Ausflug übers Wochenende machen würden. Aber nichts dergleichen geschah." Traurig schaute Juanita wieder zu Boden. Sie schien Mason wirklich mehr als nur gemocht zu haben, und das machte mich nur umso wütender.

„Die Hills!", rief Henry plötzlich, der offenbar schon etwas länger hinter mir stand. Ich drehte mich zu ihm um und musterte ihn aufmerksam.

„Mann, versteh doch, in den Hollywood Hills gibt es einen Wald. Ob man dort allerding mit einem Trailer nicht auffallen würde, kann ich nicht sagen. Aber das ist der einzige, den es hier weit und breit gibt."

Henry war ganz aufgeregt und fuchtelte wild mit dem Armen in der Luft.

„Du hast Recht! Die Hills sind in der Nähe. Okay, sag du bitte den zuständigen Beamten Bescheid."

„Und was machst du?" Henry schaute mich misstrauisch an.

„Ich gehe *Pilze* suchen!"

„Logan, du weißt doch, dass du nichts unternehmen darfst in dem Fall!" Er wollte mich am Arm zurückhalten, doch ich riss mich los.

„Ich kann aber auch nicht nur hier rumsitzen und nichts tun! Seit Tagen haben wir endlich mal eine Spur, der ich jetzt folgen werde. Sollte ich etwas entdecken, sind die Kollegen ja schon auf dem Weg. Du kannst nur beten, dass ich ihn nicht alleine antreffe, sonst kann ich für nichts garantieren!" Mit eisiger Miene lief ich davon und machte mich auf den Weg in die Hollywood Hills.

Ich hastete zu meinem Dienstwagen und fuhr mit quietschenden Reifen los. Auf dem Weg wurde meine Zuversicht wieder getrübt. *Wo sollte ich nur beginnen? Das Gebiet war riesig und das meiste davon befand sich in Privatbesitz. Wo sollte man sich hier verstecken? Noch dazu eventuell mit einem Trailer? Verdammt!* Ich schlug mit der Hand auf mein Lenkrad ein. Im Wohngebiet angekommen schaute ich mich kurz um und fuhr dann langsam die Straßen ab. Irgendwann kam ich an einer Abzweigung an, die in einen Wald führte, an dem kein Schild mit der Aufschrift *Privatgrundstück* angebracht war. Mein Herz klopfte schneller. Ich fühlte, hier richtig zu sein. Über Funk versuchten mich meine Kollegen zu erreichen. Kurz teilte ich Ihnen mit, wohin ich fahren wollte, damit sie nachkommen konnten. Trotzdem würde ich als Erster vor Ort sein, aber ich wusste nicht, welche Situation ich vorfinden würde. Vielleicht wurde es sogar brenzlig. Ich wollte nur noch Regina finden, daher fuhr ich noch ein Stückchen den Weg entlang und stellte mein Auto dann an die Seite. Da ich hatte keine Ahnung, wo man hier einen Trailer verstecken konnte, beschloss ich, zu Fuß weiterzugehen. Damit lief ich auch nicht Gefahr, entdeckt zu werden. Meine Waffe hatte ich bereits aus der Halterung genommen und entsichert. Er würde mir dafür büßen, Regina entführt zu haben!

Kapitel 2

Regina

Eine Woche war nun vergangen, ohne dass es ein Lebenszeichen der Polizei oder sonst jemanden hier gegeben hätte. Ich fühlte mich, als wäre ich nicht in den Hollywood Hills, sondern auf einem anderen Planeten. Frustriert und kurz davor, den Kampf aufzugeben und mich in mein Schicksal zu fügen, musste ich mir eingestehen, dass ich keine Möglichkeit hatte, mich alleine zu befreien und zu entkommen. Ben hatte diesmal wirklich an alles gedacht. Ich seufzte laut. In dem Moment öffnete sich die Tür und Ben kam von seinem so genannten Ausflug zurück.

„Na, meine Schöne, bereit für den Aufbruch? Wir verbringen hier jetzt schon eine Woche. Tja, und wie du siehst, siehst du nichts!" Er lachte gehässig auf. „Dein ach so teurer Logan oder auch Henry haben nicht die leiseste Ahnung, wo wir uns aufhalten, und das werden sie auch nicht herausfinden. Daher gibt es keinen weiteren Grund für uns, noch länger hier rumzustehen. Verstehst du? Stehen? Weil wir hier mit dem Trailer versteckt im Wald stehen!" Er lachte über seinen eigenen Witz, der absolut nicht lustig war. Doch es war mir egal, ich wollte noch nicht weg von hier. Wir durften noch nicht fahren.

„Was? Du willst jetzt schon weg? Aber die Kontrollen auf der Straße und an der Grenze sind sicher verschärft worden. Sie werden dich schnappen! Lass uns doch lieber noch etwas hier warten, dann können wir in Ruhe in unser neues Zuhause starten." Ich versuchte, ihn um den

Finger zu wickeln, aber leider konnte ich vor lauter Ekel und Angst meinen Charme nicht richtig einsetzen und stammelte eher vor mich hin.

„Keine Sorge, Süße. Die Kontrollen nach Mexico sind nicht so drastisch wie aus Mexico raus. Aber für den Fall habe ich natürlich vorgesorgt. Es gibt einen Beamten an der Grenze, der sich schmieren lässt." Er lachte freudig auf. „Und dank meiner Beziehungen aus dem Knast heraus, konnte ich das alles über fünf Ecken erledigen lassen. Er weiß nicht, um was es geht. Nur, dass ein Trailer nach Mexico möchte, und das ohne großes Aufsehen. Du, meine Liebe, wirst die Überquerung hinten im Schlafzimmer verbringen. Natürlich, und das tut mir wirklich leid, gefesselt und geknebelt. Wir wollen ja nicht doch noch für Aufregung sorgen, nicht wahr?"

„Aber, nein das ist doch nicht mehr nötig! Ich meine, ich könnte neben dir sitzen mit einer riesigen Sonnenbrille und einem Baseball Cap auf dem Kopf und mich als deine Frau ausgeben."

„Netter Versuch, Liebes, aber ich vertraue dir nicht. Das wird wohl auch noch eine Weile so bleiben. Aber keine Sorge, irgendwann wird mein Vertrauen in uns zurückkehren. Bis dahin musst du leider im Hintergrund bleiben."

Damit ging er ins Schlafzimmer und bereitete alles vor. In mir brodelte es. Panik kroch wie eine giftige Wolke in mir hoch. Ich musste etwas unternehmen. Wir durften noch nicht fahren. Wenn wir erst mal in Mexico waren, war ich verloren. Mit meiner Stirn tippte ich gegen das Fenster. *Denk nach, denk nach, denk nach!* Aber nichts passierte. Kein klarer Gedanke wollte sich in meinem Kopf einnisten, geschweige denn ein Plan, wie ich hier rauskommen sollte oder wie ich Ben dazu bringen konnte, noch etwas zu bleiben.

„Könnten wir vielleicht noch einen letzten Spaziergang machen, bevor ich stundenlang auf dem Bett liegen muss? Meine Beine könnten etwas Bewegung gebrauchen. Heute war noch kein, wie sagst du immer so schön, *Hofgang*."

„Oh, versucht hier jemand Zeit zu schinden? Ich frag mich nur, wofür? Es wird keiner kommen." Er rieb sich das Kinn, während er überlegte. „Aber du hast Recht, du wirst hier ein paar Stunden liegen und hattest noch keine frische Luft heute. Also gut. Fünfzehn Minuten und dann fahren wir los." Er nahm seine Schlüssel und öffnete uns die Tür.

So langsam die Zeit sonst im Trailer verging, so rasend schnell war sie jetzt im Wald vorüber. Und ich wusste immer noch nicht, wie ich Ben davon abhalten sollte, mit mir über die Grenze zu fahren.

„Komm schon, ich will nicht grob werden müssen!" Er packte mich trotzdem fester am Arm und schubste mich zur Tür des Trailers. Jetzt nahm ich all meinen Mut zusammen und erinnerte mich an meinen Selbstverteidungskurs. Ich wollte nicht wieder dort hinein und schon gar nicht nach Mexico.

Betty hatte sich die letzten Wochen und Tage ja eigentlich verabschiedet, aber nun erwachte auch sie für einen Augenblick wieder zum Leben. Sie zeigte mir einen Fußtritt an Ihrem Dummie und bekräftigte mich, ihn nachzumachen.

Ich trat so fest ich konnte auf Bens Fuß, stieß ihm einen Ellbogen in den Magen und rannte los. Mein Entführer krümmte sich kurz, um nach Luft zu schnappen, und kam mir sogleich hinterher.

Mit Handschellen lief es sich nicht sonderlich gut, daher holte er mich mühelos ein.

„Ach, so ist das, ja? Jetzt erwachst du auf einmal wieder zum Leben? Das hast du nicht umsonst getan, Aurelie! Das wirst du mir büßen!" Er schlug mir mit dem Handrücken ins Gesicht, sodass ich zu Boden stürzte. Es fühlte sich an, als würde meine linke Gesichtshälfte explodieren, und ein starker Schmerz durchzog meinen Kopf. Ich wimmerte leise, denn mit so einem Ausbruch hatte ich nicht gerechnet. Früher war Ben nie zu solch einer Brutalität im Stande gewesen.

Dann spürte ich, wie er mich hochzog und mich über seine Schulter warf, als wäre ich eine Trophäe. Er ging zügig zurück zum Trailer. Da sah ich aus dem Augenwinkel eine Bewegung im Unterholz. Zuerst dachte ich, es wäre ein Tier, das hier nach Nahrung suchte, doch bevor ich es besser erkennen konnte, war Ben mit mir bereits im Inneren des Campers verschwunden. Er verschloss die Tür hinter uns und warf mich aufs Bett. Als er mich gerade wieder ans Bett fesseln wollte, hörten wir zwei Schüsse und das Platzen von Reifen.

„Was zum Teufel …?", entfuhr es Ben erschrocken.

Das war kein Tier im Unterholz. Das ist deine Rettung! Versau das jetzt nicht, hörst du! Wir kommen hier raus! Bettys Stimme klang energisch.

„Das war kein Tier gerade eben." stammelte ich vor mich hin.

„Was? Wovon redest du?", herrschte Ben mich an, doch bevor ich weiterreden konnte, hörte ich laut und deutlich Logans Stimme.

„Benjamin Bing, hier ist das FBI. Sie wurden gestellt und sind verhaftet! Kommen Sie mit erhobenen Händen aus dem Wagen und ergeben Sie sich!"

„Was?", kreischte Ben ungläubig. „Das ist unmöglich! Niemand kennt das Versteck hier. Niemand weiß, dass wir hier sind." Er rannte nach vorne zum Lenkrad und starrte Logan, der mit gezogener Waffe vor der Windschutzscheibe stand, direkt ins Gesicht.

„Ich habe Ihre Reifen zerschossen. Eine Flucht mit dem Wagen ist also nicht mehr möglich. Tun Sie uns beiden einen Gefallen und ergeben Sie sich, dann läuft das hier alles ruhig und friedlich ab!"

„Das könnte Ihnen so passen! Ich ergebe mich sicher nicht! Ich gehe nicht noch mal in den Knast zurück!" Langsam zog er hinter dem Sitz eine Waffe hervor und schoss durch die Scheibe. In dem Moment schrie ich auf. Ich sah Logan nicht mehr und hoffte, er wäre nicht verletzt.

Ben rannte zurück zu mir, zog mich hoch und schob mich vor sich zur Tür.

„Was hast du vor?", fragte ich mit zitternder Stimme. Logan konnte ich nirgends durch die kaputte Scheibe sehen. Offensichtlich hatte er sich wohl in Sicherheit bringen können.

„Kannst du dich noch daran erinnern, dass ich dir sagte, wenn ich draufgehe, reiße ich dich mit in den Abgrund? Das war mein Ernst, und jetzt schließ die Tür auf. Wir müssen hier erst mal aus dieser Falle heraus!"

Ich gehorchte und Ben stieß die Tür mit einem Fuß auf.

„Logan, Vorsicht!" schrie ich aus Leibeskräften. Dafür fing mir einen Schlag auf den Hinterkopf ein, der mir fast das Bewusstsein raubte.

„Bist du Schlampe wohl still!", herrschte mein Entführer mich an. „Logan, sollte ich Sie verfehlt haben, tut es mir leid, noch mal wird mir das nicht passieren! Und da wir uns nun schon so viel näher gekommen sind, ziehe ich es vor Sie zu duzen. Also sollten du oder deine Kollegen vorhaben, mich aufzuhalten, möchte ich nur sagen, dass ich ohne Aurelie nirgendwohin gehe. Im Klartext: Gehe ich unter, reiße ich sie mit in den Tod! Wenn du das nicht möchtest, wovon ich ausgehe, dann lass uns von hier verschwinden!"

Ich hatte ein Déjà-vu-Erlebnis, denn Ben versteckte sich wieder hinter mir und nahm mich so als sein Schutzschild, genauso wie er es bereits vor fünf Jahren getan hatte. Seine Waffe hielt er an meine Schläfe und ich erstarrte. Meine Kehle und mein Mund waren plötzlich staubtrocken und meine Gedanken rotierten in meinem Kopf. Da tauchte Logan plötzlich hinter einem Baum auf.

„Legen Sie die Waffe weg, Ben. Oder soll ich dich, wenn wir schon beim Du sind, lieber Mason nennen?" Wissend blickte er an mir vorbei in Bens Augen. Leider konnte ich die Reaktion meines Peinigers nicht sehen, vermutete aber anhand Logans Gesichtsausdruck, dass Ben damit nicht gerechnet hatte.

„Ach, so ist das, du hast mein kleines Geheimnis also erraten! Gut, dann sag mir doch auch, woher du bitte wusstest, wo wir uns versteckt hatten. Ich habe keinem davon erzählt!"

„Das stimmt. Du hast bei Juanita mal fallen lassen, dass du dir ein Trailer gekauft hast. Die Ärmste dachte, du willst mit ihr wegfahren. Außerdem hast du erzählt, dass du gern im Wald spazieren gehst. Der einzige Wald hier weit und breit sind die Hollywood Hills. Scheinbar hast du doch nicht alles so gut durchdacht, wie?" Logan setzte ein selbstgefälliges Grinsen auf, zielte aber nach wie vor mit der Waffe auf uns. Ben fluchte leise hinter mir.

„Diese dumme fette Kuh! Ich hätte nicht gedacht, dass sie sich das gemerkt hat. Da hab ich mich nur einmal verplappert …"

„Deine Zeit ist um! Lass Regina gehen und alles wird gut werden!", rief Logan wieder zu uns herüber.
Ben kicherte direkt neben meinem Ohr, seine Waffe immer noch auf der anderen Seite an meine Schläfe gedrückt.

„Oh, wenn dem doch nur so wäre. Ich glaube, ich sitze hier am längeren Hebel! Also, lass uns gehen, oder du hast gleich eine tote Freundin!" giftete er.
Mein Freund war ein guter Schütze, doch ohne meine Hilfe würde er Ben nicht ausschalten können. Ich atmete langsam tief ein, hoffte, mein Peiniger würde meine Anspannung nicht merken, schloss kurz die Augen und betete, dass alles gut ging.

Jetzt! Befreie uns beide endlich von diesem Monster! Nur du kannst und schaffst das. Ich glaube an dich!

Nun lief alles in Zeitlupe vor mir ab. Ich öffnete meine Augen, blickte Logan an, in der Hoffnung, er würde mich verstehen. In diesem Moment nahm mein Entführer die Waffe, zielte auf Logan und war in Begriff zu schießen. Doch jetzt war ich an der Reihe! Ich trat so fest ich konnte nach hinten aus, in die Gegend, in der ich Bens Knie vermutete.

Es fiel ein Schuss und irgendwie wartete ich auf den eintretenden Schmerz, der daraufhin folgen musste. Ich spürte ein starkes Brennen an der Wange, dann passierte eine gefühlte Ewigkeit nichts, bis Ben langsam an mir hinunterrutschte und auf dem Boden aufschlug. Erst jetzt bewegte sich Logan und rannte auf mich zu, um mich in den Arm zu schließen.

„Es ist vorbei, Liebling! Es ist alles vorbei!" Er drückte mich fest an sich und küsste meinen Scheitel.

Ich zitterte am ganzen Körper und bemerkte überhaupt nicht, dass mir Blut über die Wange lief. Mein Beschützer hatte genau in dem Moment abgedrückt, als ich nach Bens Knie trat. Die Kugel streifte mich und schlug mitten in seine Stirn ein, wobei einige Spritzer auf mir landeten. Ich schaute auf ihn herab, sah seine weit aufgerissenen Augen, die ungläubig ins Leere starrten. Ich stupste ihn mit der Fußspitze an, um sicher zu gehen, dass er tot war. Dann hörte ich Sirenen und die Erleichterung ließ alle Kraft aus meinem Körper weichen; ich brach in Logans Armen zusammen.

Epilog

Regina

Ich kam im Krankenhaus wieder zu mir und war umringt von all meinen Lieblingsmenschen und Shauna. Doch jetzt gerade störte mich das überhaupt nicht. Logan saß auf meinem Bett und hielt meine Hand.

„Wie geht's dir, Prinzessin?", fragte er mit einer zärtlichen und liebevollen Stimme.

„Mein Hals ist etwas rau, aber ansonsten ist alles gut. Was ist mit Ben? Ist er wirklich …"

„Tot? Ja, das ist er. Logan hat ihm eine Kugel in den Kopf gejagt. Er hat nichts Besseres verdient!" Henry kam zu mir ans Bett und umarmte mich.

„Regina", fing Shauna leise an, „ich hatte ja keine Ahnung, was ihr beide schon alles durchgemacht habt. Es tut mir leid, wie ich mich dir gegenüber verhalten habe, das war nicht nett von mir."

„Schon gut. Woher auch solltest du das wissen? Mit so etwas geht man ja auch nicht hausieren. Ist ja auch nicht Sinn und Zweck eines Zeugenschutzprogrammes." Ich machte eine wegwerfende Handbewegung und auch wir umarmten uns. Beste Freundinnen würden wir trotzdem nicht werden, soviel stand für mich fest.

„Meine Kollegen würden gerne mit dir reden, wenn du schon bereit dafür bist. Und ich muss mich leider meinem Chef stellen. Ich hab wegen des Schusses, der für meinen Vorgesetzten leider zu sehr nach Hinrichtung aussieht, eine Menge Ärger am Hals. Mal sehen, ob ich ihn etwas besänftigen kann. Ich komme nachher noch mal zu dir." Er küsste mich sanft und verließ mein Zimmer. Henry und Shauna folgten ihm. Dann sah ich Juanita auf mich zukommen. Sie war total verlegen und wusste nicht, was sie sagen sollte. Wir beide brachen in Tränen aus und fielen uns in die Arme.

„Es tut mir so leid, Liebes! Ich hatte ja keine Ahnung!"

„Es gibt nichts, für das du dich verantwortlich fühlen müsstest, Juanita. Er hat uns alle getäuscht. Am meisten mich. Es hätte mir schon viel früher auffallen müssen, aber das hat es nicht." Sie brachte etwas Abstand zwischen uns und sah mich erleichtert an.

„Jetzt bist du endlich frei!"

Ich lächelte sie an und nickte.

Die Polizei wollte alles bis ins kleinste Detail von mir wissen, auch im Hinblick auf Logan und den Schuss, den er abgegeben hatte. Ob dieser nötig gewesen war oder sich hätte vermeiden lassen. Sie hinterfragten, ob es nicht auch ausgereicht hätte, Ben nur zu verletzten, damit er handlungsunfähig war. Ich erzählte ihnen alles, was sie wissen wollten. Meine Aussage sollte ich später – nach meiner Entlassung – auf dem Revier eigenhändig unterschreiben.

Ein paar Tage später, als auch der Staatsanwalt nichts mehr zu beanstanden hatte, wurde der Fall abgeschlossen und ich war endgültig für alle Zeit frei. Logan und ich beschlossen, uns eine Auszeit zu nehmen. Wir wollten durch das Land reisen, uns alles ansehen und vor allem meine Eltern besuchen. Ich wollte jetzt auch nicht mehr in L.A. wohnen. So nutzten wir die Gelegenheit und suchten uns ein neues Zuhause.

Logan verkaufte sein Haus, kündigte seinen Job und organisierte uns einen riesigen Tourbus, der alle Annehmlichkeiten bot: Küche, Dusche, großes Bett, so eine Art kleines Wohnzimmer und vieles mehr. Ich freute mich riesig auf diesen Trip. Am Tag des Aufbruches verabschiedete ich mich tränenreich von Henry. Er würde mit Shauna in L.A. bleiben und sich mit ihr ein Haus kaufen.

„Hey, hey, jetzt hör doch mal auf zu weinen! Du wirst bei diesem Road Trip die Zeit deines Lebens haben. Und vergiss nicht, wir werden so oft es geht telefonieren oder uns schreiben. Du bist und bleibst ein Teil meines Lebens, das weißt du", versuchte er mich zu trösten, nahm mich in den Arm und drückte mich fest.

„Okay", schluchzte ich, „und außerdem werde ich dir aus jeder Stadt, in der wir Halt machen, eine Karte schicken, dann kannst du dir ein Buch daraus binden lassen."

„Wow, was für eine tolle Idee! Ich freu mich schon drauf!"

Ich gab Henry noch einen Schmatzer auf die Wange, gab Shauna die Hand und nickte ihr zu.

„Pass gut auf ihn auf. Du weißt, wenn du ihn schlecht behandeln solltest, trete ich dir in deinen Arsch", drohte ich gespielt und zwinkert ihr zu.

„Verlass dich auf mich. Es wird ihm an nichts fehlen."

„Na dann Leute, macht es gut, wir melden uns und vermisst uns nicht zu schnell!"

Wir stiegen in den Bus, winkten allen noch mal zu und fuhren dann los. Ich war total aufgeregt und strahlte jetzt über das ganze Gesicht.

„Erster Halt: Chicago. Ab zu meinen Eltern!"

Ende

Über die Autorin:

Susan Murphy ist 1981 in Süddeutschland geboren und lebt auch heute noch dort zusammen mit ihrem Mann und dem gemeinsamen Sohn.
2015 setzte sich eine Idee in ihrem Kopf fest, die sie nicht mehr losließ. Inspiriert von vielen anderen Selfpublishern fing sie an, „Stalker" zu schreiben, das 2016 als Taschenbuch und E-Book erschien ist und von der Twentysix-Jury zum Top-Titel im Mai 2016 gekürt wurde.
Susan Murphy schreibt rein hobbymäßig, was dazu führt, dass es nicht regelmäßig vorkommt, sondern nur, wenn es ihre Zeit und die Familie zulassen. Daher muss man bei ihr etwas länger auf ein neues Buch warten. ;-)

Weitere Werke der Autorin:

Stalker – Wenn aus Liebe Besessenheit wird (Teil I)

Die junge Aurelie Buffay ist gerade mit dem College fertig geworden und nicht auf der Suche nach der großen Liebe, sondern nach einem guten Job im Musikbusiness.
Als sie den äußerst attraktiven Benjamin Bing kennenlernt, der noch dazu bei ihrem Lieblings-Plattenlabel als Songwriter arbeitet, scheint es, als wären Liebe und Zukunft gesichert.
Doch Benjamin ist nicht der, für den er sich ausgibt.
Er verbirgt ein Geheimnis, dass letztendlich nicht nur Aurelie in Gefahr bringt, sondern auch ihren besten Freund George.
Schaffen sie es, Benjamin aufzuhalten, oder stürzen alle ins Verderben?
Ein spannender Erotikthriller über Liebe, Freundschaft und Gefahr.

ISBN-13: 978-3740708948

Kreuzfahrt inklusive Liebe

Gwendolyn könnte nicht glücklicher sein. Endlich will Angus, mit dem sie seit sechs Jahren zusammen ist, ihr den langersehnten Heiratsantrag machen. Doch alles kommt anders als gedacht. Angus macht Schluss und Gwendolyn ist am Boden zerstört. Nicht nur wegen der Trennung, sondern auch, weil sie eine gemeinsame Kreuzfahrt geplant hatte. Doch ihre Freundin Ava überredet sie dazu, diese trotz allem anzutreten. Zwei Wochen Karibikurlaub, etliche Ausflüge und Entspannung pur. Was könnte da schiefgehen? Doch Gwendolyn hat nicht mit dem äußerst attraktiven, aber sehr frechen Finn gerechnet, der sich kurzerhand als ihr Zimmergenosse entpuppt. Und dann wären da auch noch seine Freunde, die es sich zur Aufgabe gemacht haben, Gwendolyn in ihrer Mitte aufzunehmen.

ISBN-13: 978-3740731359

Werbung

100 Frauen schreiben 100 Briefe an das Leben

Was passiert, wenn das Leben wie eine Welle über dir zusammenschlägt?
Wenn du krank bist, wenn du Freunde verlierst, wenn du dich selbst nicht mehr wiedererkennst?
Genau die Fragen stellten sich Verena Nickl und Ina Nordmann und so beschlossen sie, ein unglaubliches Projekt zu starten:
100 Frauen schreiben 100 Briefe an ihr Leben. Briefe, die von Schicksalen und Rückschlägen erzählen. Geschichten, die zeigen, was wahre Stärke ist.
Mit diesem Buch möchten sie anderen Frauen Mut machen, sich weder herumstoßen, noch verbiegen zu lassen. Ihnen zeigen, dass es sich lohnt, aufzustehen und zu kämpfen. Weil sich am Ende alles zum Guten wenden kann.

Mit dem Erlös des Buches wird ein Frauenhaus im Raum Münster unterstützt.

ISBN-13: 978-3752822786

Remember
Vergessene Herzen

Zwei Menschen. Der Bruchteil einer Sekunde. Totalschaden.
Nicht schon wieder ein Unfall! Mit viel Arbeit und Disziplin hat Ella es gerade erst geschafft, ihren komplizierten Alltag wieder auf die Reihe zu bekommen. Doch ohne das Auto fällt ihr Leben wie ein Kartenhaus in sich zusammen. Als ihr der Unfallverursacher, der sich als englischer Snob entpuppt, auch noch ein skurriles Jobangebot zur Lösung des Problems macht, ist das Chaos perfekt.
Für Cameron ist der Unfall nur ein unliebsamer Zwischenfall. In seinem Imperium aus Geld und Geschäften, gibt es kaum etwas, das sich nicht mit wenigen Handgriffen reparieren ließe – außer die Vergangenheit. Die selbstbewusste Ella stellt ihn mit ihrer Sturheit allerdings auf die Probe. Dabei will er ihr mit seinem Angebot doch nur helfen! Mit jedem Schritt, den Ella und Cameron aufeinander zugehen, müssen sie feststellen, dass die Schatten ihrer Erinnerungen näher sind, als sie wahrhaben wollen. Können sich die beiden Einzelkämpfer davon befreien? Haben sie den Mut, ihre Vergangenheit zu überwinden und auf ihre Herzen zu hören?

ISBN-13: 978-1730948350